ベートーベンと名《めい》探《たん》偵《てい》!

タイムスリップ探偵団《たんていだん》　音楽《おんがく》の都《みやこ》ウィーンへ

楠《くすの》木《き》誠《せい》一《いち》郎《ろう》／作《さく》　たはらひとえ／絵《え》

講談社 青い鳥文庫

もくじ

ぷぷる

登場人物紹介《とうじょうじんぶつしょうかい》

マリー

ベートーベンが住《す》んでいる部屋《へや》の家主《やぬし》。貴族《きぞく》。

ベートーベン

ドイツの作曲家《さっきょくか》。交響曲《こうきょうきょく》やピアノソナタなど数々《かずかず》の名曲《めいきょく》をのこし、後世《こうせい》に大《おお》きな影響《えいきょう》をあたえた。

ヨーゼフ

ベートーベンにあこがれる少年《しょうねん》。

堀田亮平《ほったりょうへい》

大食《おおぐ》いならまかせといて！ の中学《ちゅうがく》1年生《ねんせい》。時代《じだい》劇《げき》ファン。

遠山香里《とおやまかおり》

勉強《べんきょう》もスポーツも、なんでもできるしっかり者《もの》の中学《ちゅうがく》1年生《ねんせい》。

氷室拓哉《ひむろたくや》

スポーツは得意《とくい》だけど、勉強《べんきょう》は得意《とくい》じゃない中学《ちゅうがく》1年生《ねんせい》。映画《えいが》が大好《だいす》き。

上岡蓮太郎《かみおかれんたろう》

上野《うえの》の歴史《れきし》風俗《ふうぞく》博物館《はくぶつかん》の中《なか》にある「上岡写真館《かみおかしゃしんかん》」オーナー兼《けん》カメラマン。じつはタイムトリッパー。

高野《たかの》 護《まもる》

「名曲喫茶《めいきょくきっさ》ガロ」のマスター。上岡《かみおか》さんとはカメラ同好会《どうこうかい》の仲間《なかま》。

野々宮麻美《ののみやあさみ》

タイムトリップをくりかえしていた女子大生《じょしだいせい》。香里《かおり》たち3人《にん》のお姉《ねえ》さん的《てき》存在《そんざい》。

はじめに

香里《かおり》・拓哉《たくや》・亮平《りょうへい》は幼《おさな》なじみの同級生《どうきゅうせい》。小学《しょうがく》6年生《ねんせい》の夏《なつ》のこと。3人《にん》は偶然《ぐうぜん》、明《めい》治時代《じじだい》へとタイムスリップ！ それ以来《いらい》、3人《にん》は何度《なんど》も思《おも》いがけずに過去《かこ》にタイムスリップしては、歴史上《れきしじょう》の人物《じんぶつ》に出会《であ》い、いっしょに謎《なぞ》を解《と》いてきた。

さて、今回《こんかい》のタイムスリップは!?

タイム

香里《かおり》の愛犬《あいけん》。じつは……？

ベートーベン

Ludwig van Beethoven

1770–1827.3.26

① おむすびころりん

「今日《きょう》は、二月《がつ》とは思《おも》えないくらい暑《あつ》いな、亮平《りょうへい》。」

ダウンジャケットを着《き》こんだ氷室拓哉《ひむろたくや》くんが、となりを歩《ある》いているジャンパー姿《すがた》の堀田《ほった》亮平《りょうへい》くんに声《こえ》をかけているのが、うしろから聞《き》こえてくる。

ベージュのダッフルコートの前《まえ》を閉《し》め、腕《うで》のなかにカイロがわりのタイムを抱《だ》きしめたわたし——遠山香里《とおやまかおり》——は振《ふ》り向《む》いた。

わたしたち三人《にん》は幼稚園《ようちえん》のときからの幼《おさな》なじみ。

いまは中学《ちゅうがく》一年《ねん》の三学期《さんがっき》がはじまってしばらくたった二月半《がつなか》ばの日曜日《にちようび》。

わたしが通《かよ》っている私立桜葉女子学園中学校《しりつさくらばじょしがくえんちゅうがっこう》は、二月一日《がっついたち》が受験日《じゅけんび》。合格発表《ごうかくはっぴょう》、入学受《にゅうがくうけ》付《つけ》締《し》め切《き》りも過《す》ぎ、最近《さいきん》は制服《せいふく》の採寸《さいすん》とかで、四月《がつ》から入学《にゅうがく》してくる後輩《こうはい》（！）を学校《がっこう》で見《み》かける。

「よかったじゃない。梅見《うめみ》にはちょうどいいわよ。それに梅見《うめみ》しながら弁当《べんとう》食《た》べたいっていったの、拓《た》っくんよ。文句《もんく》をいわないの。」

「ワン、ワン！」

わたしの腕《うで》のなかで、タイムも「そうだ、そうだ！」とほえる。

タイムは、わたしたちが以前《いぜん》タイムスリップした平安時代《へいあんじだい》からついてきたわんこ。左目《ひだりめ》のまわりが、なぐられたボクサーみたいに円《まる》く黒《くろ》い。

「文句《もんく》いってない、いってない。梅見《うめみ》できて、うれしいよ。」

いま、わたしたちが歩《ある》いているのは音羽《おとわ》の森《もり》。

音羽《おとわ》の森《もり》は、一種類《しゅるい》の花《はな》にかぎらず、二月《がつ》は梅《うめ》、三月《がつ》は桃《もも》、四月《がつ》は桜《さくら》、五月《がつ》は藤《ふじ》、と花《はな》の名所《めいしょ》なのだ。

梅見《うめみ》で有名《ゆうめい》な、九州《きゅうしゅう》の太宰府天満宮《だざいふてんまんぐう》の映像《えいぞう》をテレビで見《み》た拓《た》っくんが、昨日《きのう》の夜《よる》、梅見《うめみ》しようと電話《でんわ》してきたのだ。

で、電話《でんわ》の向《む》こうで拓《た》っくんがこういったの。

——「梅見《うめみ》だから、弁当食《べんとうた》べたいなあ。もちろん、香里《かおり》ちゃんが作《つく》ったのじゃない弁当《べんとう》で！」

うっ、どうせわたしは料理《りょうり》が下手《へた》ですよ。あまりのまずさにタイムスリップしてしまうほどですよーだ。

で、遠山家《とおやまけ》の家事《かじ》を長年《ながねん》やってくれているお手伝《てつだ》いのサキさん特製弁当《とくせいべんとう》と水筒《すいとう》、それからレジャーシートをトートバッグに入《い》れて持《も》ってきたというわけ。

日曜日《にちようび》で天気《てんき》がいいから、梅見《うめみ》をしている老若男女《ろうにゃくなんにょ》がたくさんいる。

「どこで食《た》べる？」

わたしがきくと、拓《た》っくんが人《ひと》が少《すく》ないあたりを指《ゆび》さした。

「あっち、人《ひと》が少《すく》ないよ。」

さらに亮平《りょうへい》くんもいう。

「早《はや》く食《た》べようよ。」

ということで、わたしたちは、あまり人《ひと》がいない、地面《じめん》が少《すこ》し斜《なな》めになっているあたりにレジャーシートをばさっと広《ひろ》げた。

弁当《べんとう》や水筒《すいとう》を囲《かこ》むように円《まる》くなって腰《こし》かける。わたしの右《みぎ》に拓《た》っくん、左《ひだり》に亮平《りょうへい》くん。タイムは、わたしの前《まえ》にちょこんとすわってる。

わたしは、数日前《すうじつまえ》から少《すこ》し気《き》になっていることがあった。

テレビで梅《うめ》の映像《えいぞう》を見《み》て梅見《うめみ》をしたいなんて、サキさんの弁当目当《べんとうめあ》てで、体格《たいかく》がよくて食《く》いしん坊《ぼう》の亮平《りょうへい》くんが連絡《れんらく》してくるのなら、まだわかる（亮平《りょうへい》くん、ごめん）。

でも、連絡《れんらく》してきたのは拓《た》っくんなのだ。

「弁当《べんとう》！　弁当《べんとう》、食《た》べよ！」

亮平《りょうへい》くんは、弁当《べんとう》と水筒《すいとう》の入《はい》ったトートバッグを食《く》い入《い》るように見《み》つめている。

「サキさんが作《つく》ってくれたんだよね。」

「うん。」

「サキさんの料理《りょうり》、ひさしぶりだもんなあ。」

幼稚園《ようちえん》に通《かよ》っているころから、拓《た》っくんと亮平《りょうへい》くんが遠山家《とおやまけ》に遊《あそ》びに来《く》ると、サキさんは、昼《ひる》ごはんどきならスパゲティなど、おやつどきならお手製《てせい》ケーキを出《だ》してくれる。

わたしは、籐《とう》の弁当箱《べんとうばこ》のフタを開《あ》けた。

「O《オー》」「B《ビー》」「E《イー》」「N《エヌ》」「T《ティー》」「O《オー》」と、それぞれに焼《や》き海苔《のり》のアルファベットの文字《もじ》が貼《は》られたおにぎりに、タコさんウインナー、卵焼《たまごや》き、ブロッコリーなど、彩《いろど》り鮮《あざ》やかな弁当《べんとう》だった。どちらかというと子《こ》どものころを思《おも》い出《だ》すような弁当《べんとう》。サキさんが楽《たの》しそうにウインナーに切《き》れ目《め》を入《い》れている姿《すがた》が目《め》に浮《う》かぶ。

亮平《りょうへい》くんが両手《りょうて》を合《あ》わせる。

「いっただきまーす！」

「わたしが作《つく》ったんじゃないけど、どうぞ、召《め》し上《あ》がれ。」

弁当箱《べんとうばこ》のなかのおにぎりに手《て》を伸《の》ばし、ほおばりはじめた亮平《りょうへい》くんが、拓《た》っくんのほうを見《み》て、いう。

「拓哉《たくや》、食《た》べないのか？　うまいよ。」

「あ、ああ……。」

拓《た》っくんも、ゆっくり手《て》を伸《の》ばして、おにぎりを口《くち》に持《も》っていった。

「うまい。」

最後《さいご》におにぎりに手《て》を伸《の》ばしながら、わたしは拓《た》っくんに声《こえ》をかけた。

「ほんとうは、わたしたちに、なにか話《はなし》があったんじゃない？」

亮平《りょうへい》くんが、ふたつ目《め》のおにぎりを食《た》べおわりながら、いう。

「そうなのか？　拓哉《たくや》。」

口《くち》から、ごはん粒《つぶ》が飛《と》ぶ。

「ちょ、ちょっと、亮平《りょうへい》くん、食《た》べ物《もの》を口《くち》に入《い》れたまま、しゃべらないで。」

「ごめん、ごめん。」

ごっくんと喉《のど》を鳴《な》らしてから、亮平《りょうへい》くんはあらためてきいた。

「どうかしたのか、拓哉《たくや》。」

亮平《りょうへい》くんとわたしは、拓《た》っくんの顔《かお》を見《み》ながら返事《へんじ》を待《ま》った。

拓《た》っくんは、わたしを見《み》て、きいてきた。

「香里《かおり》ちゃん、吹奏楽部《すいそうがくぶ》だよね？」

「うん、そうだけど、それがどうかした？」

「部活《ぶかつ》、楽《たの》しい？」

「いきなり、なに？」

「あ、いや。――楽《たの》しい？」

「うん、楽《たの》しいよ、練習《れんしゅう》はたいへんだけど。演奏会《えんそうかい》で失敗《しっぱい》しないでトランペットを吹《ふ》けると達成感《たっせいかん》あるし。」

拓《た》っくんは、こんどは亮平《りょうへい》くんにきいた。

「茶道部《さどうぶ》、楽《たの》しいか？」

亮平《りょうへい》くんは、お菓子《かし》が食《た》べられるというだけの理由《りゆう》で茶道部《さどうぶ》に入《はい》ってる。男子《だんし》はひとりだけらしいから紅一点《こういってん》ならぬ黒一点《こくいってん》。でも、けっこう楽《たの》しんでいるらしい。

亮平《りょうへい》くんが、拓《た》っくんにきき返《かえ》した。

「テニス部《ぶ》、つまらないのか？」

拓《た》っくんは、ほんとうは映画同好会《えいがどうこうかい》を作《つく》りたいけど、まだ一年生《ねんせい》だし、作《つく》るのはむずかしいだろうというので、しかたなくテニス部《ぶ》に入《はい》っているのだ。

拓《た》っくんは、わたしたちからちょっと視線《しせん》をはずした。

「拓哉《たくや》……。」

せっつこうとする亮平《りょうへい》くんの右腕《みぎうで》を、わたしはつかんで制《せい》した。

「亮平《りょうへい》くん……。」

少《すこ》し待《ま》っていると、拓《た》っくんがぼそりといった。

「部活《ぶかつ》、行《い》きたくねえ……。」

「なんで？」

「なんでだよ。」

亮平《りょうへい》くんとわたしは同時《どうじ》にきいた。

「最近《さいきん》、いきなり部活《ぶかつ》に入《はい》った二年《ねん》の先輩《せんぱい》がすげえいばってて……。」

「でもさ、拓哉《たくや》……。」

亮平《りょうへい》くんが、拓《た》っくんの顔《かお》をのぞきこむ。

「……最近入《さいきんはい》ったのなら、テニス下手《へた》なんじゃないか？」

拓《た》っくん、すぐに首《くび》を横《よこ》に振《ふ》った。

「小学校《しょうがっこう》のとき都大会《とたいかい》で優勝《ゆうしょう》したらしくて、めちゃくちゃうまいんだ。」

「へえ。すごいね。」

「だから……。」

「……いばってるのか。」

わたしは、ため息《いき》をついてから、いった。

「あのさ、部活《ぶかつ》の顧問《こもん》の先生《せんせい》は、なにもいわないの？」

「テニスがすげえうまいもんだから、先生《せんせい》もちょっと遠慮《えんりょ》してるみたいなんだよな。」

わたしは、拓《た》っくんにきいた。

「お父《とう》さんやお母《かあ》さんに相談《そうだん》したの？」

「母親《ははおや》に愚痴《ぐち》ったら、父親《ちちおや》に伝《つた》わってさ……。」

「うん……。」

「父親《ちちおや》が『部活《ぶかつ》やめるな。いちどはじめたことは最後《さいご》までやり通《とお》せ。』って。」

拓《た》っくんのお父《とう》さんは元刑事《もとけいじ》で、身体《からだ》をこわして退職《たいしょく》し、いまはどこかの会社《かいしゃ》のガードマンをしてる。

三つ目《め》のおにぎりを食《た》べおえた亮平《りょうへい》くんが腕組《うでぐ》みをしながら、うなる。

「うーん。その先輩《せんぱい》がテニス部《ぶ》に入《はい》ってきたのは運命《うんめい》だって、あきらめるしかないんじゃないか？」

「運命《うんめい》、か……。」

「たぶん。」

わたしは左手《ひだりて》に食《た》べかけのおにぎりを持《も》ち、右手《みぎて》でタコさんウインナーに刺《さ》さった爪《つま》ようじをつまんだ。ひと口《くち》で食《た》べる。やっぱりおいしい。

「そうなのかなあ？　どうにかならないの？　それってさ、いくら部活《ぶかつ》っていってもパワハラじゃない？　ニュースとか見《み》てると、サラリーマンの人《ひと》が会社《かいしゃ》の上司《じょうし》のパワハラを訴《うった》える時代《じだい》でしょ？　学校《がっこう》でも、先生《せんせい》や先輩《せんぱい》のパワハラを訴《うった》えてもいいんじゃない？」

亮平《りょうへい》くんが、拓《た》っくんのほうを気《き》づかいながら、いう。

「でも、じっさいは、なかなかいえないんじゃないかな。――なかなかいえないっていえばさ……。」

亮平《りょうへい》くんが、拓《た》っくんとわたしの顔《かお》を見《み》てから、ため息《いき》をついた。

「父《とう》ちゃんがさ、このあいだの定休日《ていきゅうび》、釣《つ》りに行《い》った先《さき》で足《あし》をねんざしちゃってさあ。」

亮平《りょうへい》くんちは、音羽商店街《おとわしょうてんがい》の一角《いっかく》で「レストラン堀田《ほった》」を営《いとな》んでいる。一階《かい》がお店《みせ》で、二階《かい》が自宅《じたく》。

「で？」

拓《た》っくんがきく。

「『おまえは〝レストラン堀田《ほった》〟の跡取《あとと》りなんだから、学校《がっこう》に行《い》く前《まえ》に仕入《しい》れを手伝《てつだ》え。』っていわれてる。料理《りょうり》するのは好《す》きなんだけどさあ……。」

「おまえの父親《ちちおや》、『洋食《ようしょく》の鉄人《てつじん》』が動《うご》けないのなら、しかたないじゃん。」

「これも運命《うんめい》、か……。」

「ああ……。」

わたしはため息《いき》をついた。

「なに、亮平《りょうへい》だけじゃなく、香里《かおり》ちゃんまで。」

拓《た》っくんがきいてくる。

「料理《りょうり》っていえば、最近《さいきん》、ママにいわれてるのよね。」

「なんて？」

「このお弁当《べんとう》を作《つく》ってくれたサキさんがおばあさんなのは知《し》ってるでしょ？」

拓《た》っくんと亮平《りょうへい》くんがうなずく。

「ママがいうのよ。『サキさんがいつまでもいてくれるわけじゃないの。おねえちゃんもサキさんに料理《りょうり》を習《なら》いはじめたんだから、香里《かおり》、あなたも、いっしょに習《なら》いなさい。』って。」

「えっ……。」

そういったきり絶句《ぜっく》した拓《た》っくんにつづいて、亮平《りょうへい》くんがいう。

「サキさんみたいな人《ひと》がそばにいれば、料理《りょうり》を作《つく》れないままでも生《い》きていけるかもしれないけど、いちおう作《つく》れるようになっておいたほうがいいんじゃないかなあ？　将来《しょうらい》、もし結婚《けっこん》したとき、相手《あいて》も料理《りょうり》できなかったら困《こま》るじゃん。料理《りょうり》してくれる人《ひと》と結婚《けっこん》するなら別《べつ》だけど。」

「やっぱり、料理《りょうり》を覚《おぼ》える運命《うんめい》なのか、な……。」

さらに亮平《りょうへい》くんがいう。

「いちおう、これくらいの弁当《べんとう》は作《つく》れたほうがいいかもね。」

そういいながら、亮平《りょうへい》くんは、四つ目《め》のおにぎりに手《て》を伸《の》ばした。

「あっ……!?」

海苔《のり》で「B《ビー》」と書《か》かれたおにぎりが手《て》からすべり落《お》ち、地面《じめん》を転《ころ》がりはじめた。

「あっ、待《ま》て！　おれのおにぎり！」

転《ころ》がるおにぎりを、立《た》ちあがった亮平《りょうへい》くんが追《お》いかける。

「亮平《りょうへい》くん、あぶないよ！」

さけんだわたしと拓《た》っくんが、亮平《りょうへい》くんを追《お》いかける。

タイムも追《お》いかける。

このまま追《お》いかけてると——。

昔話《むかしばなし》の『おむすびころりん』の、おじいさんみたいになっちゃう？

ま、正直者《しょうじきもの》のおじいさんが幸《しあわ》せになったのも、あれはあれで運命《うんめい》だったのかもしれないけど。

あっ！

昔話《むかしばなし》のことなんか考《かんが》えていたせいか、わたしの足《あし》がもつれて、つんのめった。

おにぎりを追《お》いかける亮平《りょうへい》くんに覆《おお》いかぶさるように、拓《た》っくんもわたしも勢《いきお》いあまって前転《ぜんてん》！

タイムがわたしにしがみつく。
目《め》の前《まえ》が真《ま》っ白《しろ》になった。

②わたしたち、泥棒《どろぼう》？

わたしは目《め》を開《あ》けた。

すぐ目《め》の前《まえ》に、フローリング、木《き》の床《ゆか》が広《ひろ》がっている。

さっきまで、亮平《りょうへい》くんが落《お》としたおにぎりを追《お》いかけて、音羽《おとわ》の森《もり》のなかにある、梅林《ばいりん》の地面《じめん》を転《ころ》がっていたはず。

ってことは、またまたタイムスリップしたことになる。

「クゥ〜ン。」

わたしの腕《うで》のなかでタイムが小《ちい》さく鳴《な》く。

「だいじょうぶよ。」

わたしはタイムの頭《あたま》をなでて、周囲《しゅうい》を見《み》まわした。

わたしの右《みぎ》どなりで拓《た》っくん、左《ひだり》どなりで亮平《りょうへい》くんが、それぞれ床《ゆか》に倒《たお》れ伏《ふ》していた。

「だいじょうぶ？」

わたしは、ふたりにきいた。

「だいじょうぶだけど……。」

亮平《りょうへい》くんにつづいて、拓《た》っくんがいう。

「おれたち、またまたタイムスリップしちゃったんだな。——でも、ここ、どこだ？　だれかの家《いえ》のなかみたいだけど……。」

拓《た》っくんがそこまでいったときだった。

——「ない！　ない！」

男《おとこ》の人《ひと》の、やけに大《おお》きな声《こえ》が聞《き》こえてきた。

わたしは身体《からだ》を起《お》こして、振《ふ》り返《かえ》った。

目《め》の前《まえ》には茶色《ちゃいろ》いグランドピアノが一台《だい》。

二十一世紀《せいき》のピアノは黒《くろ》く塗装《とそう》されているものが多《おお》い。白《しろ》いピアノとか、スケルトンのピアノとかも見《み》たことあるけど、目《め》の前《まえ》のピアノはちがう。

たぶんマホガニーという材木《ざいもく》を使《つか》ったもの。奥行《おくゆ》きが二メートル半《はん》くらいある。鍵盤《けんばん》や譜面台《ふめんだい》があるほうに、間隔《かんかく》の広《ひろ》い脚《あし》が二本《ほん》、反対側《はんたいがわ》の、突《つ》き上《あ》げ棒《ぼう》で支《ささ》えられた屋根《やね》が開《あ》いているほうには脚《あし》が一本《ぽん》。譜面台《ふめんだい》は板《いた》じゃなく木《き》の枠組《わくぐ》みでできている。

すごーい！　うちにある黒《くろ》いピアノとぜんぜんちがって、レトロ！

そのピアノの下《した》では、黒《くろ》っぽいジャケットにズボン、大《おお》きなえりの白《しろ》いシャツ姿《すがた》の男《おとこ》の人《ひと》が這《は》いつくばった姿勢《しせい》で、あたりをきょろきょろ見《み》ている。

年《とし》は、三十代後半《だいこうはん》くらい。

髪《かみ》の毛《け》は長《なが》くて、もじゃもじゃ。うねるようにカールしてる。色《いろ》は黒《くろ》っぽいんだけど、光《ひかり》のさし方《かた》によっては、灰色《はいいろ》、茶色《ちゃいろ》っぽく見《み》える部分《ぶぶん》もあるかんじ。

──「ない！　ない！」

男《おとこ》の人《ひと》は、なにかを捜《さが》しつづけている。

はっきりいってイケメンじゃない。

肌《はだ》は浅黒《あさぐろ》くて、天然痘《てんねんとう》をわずらったことがあるらしく、肌《はだ》にでこぼこがある。

いま、ものを捜《さが》していて見《み》つからないからかもしれないけど、ライオンみたいに怖《こわ》い顔《かお》

つきをしてる。

あきらかに日本人《にほんじん》じゃない。もし日本人《にほんじん》だとしたら、ハーフかクォーターってことになるんだけど……。

でも、なんていうのか、部屋《へや》のなかの空気感《くうきかん》が「日本《にっぽん》じゃない！」。

窓《まど》の外《そと》には葉《は》の落《お》ちた木々《きぎ》が生《は》え、窓《まど》ガラスはくもってる。

振《ふ》り向《む》くと、壁《かべ》には大《おお》きなまきストーブが埋《う》めこまれている。

部屋《へや》のなかは暖《あたた》かいけど、外《そと》はすごく寒《さむ》そう。

男《おとこ》の人《ひと》は日本人《にほんじん》じゃないのに、日本語《にほんご》で「ない！」って聞《き》こえるのは……。

わたしは、はっとした。

あ、そうか、そうか！

自分《じぶん》の左手首《ひだりてくび》に巻《ま》いている腕時計型同時通訳装置《うでどけいがたどうじつうやくそうち》を見《み》た。

黒《くろ》い樹脂製《じゅしせい》で、本体《ほんたい》と同《おな》じ黒《くろ》の文字盤《もじばん》に、蛍光塗料《けいこうとりょう》が塗《ぬ》られた長針《ちょうしん》と短針《たんしん》がついたアナログ時計《どけい》だ。かたちはG《ジー》－SHOCK《ショック》に似《に》てる。

上野《うえの》の歴史風俗博物館《れきしふうぞくはくぶつかん》のなかにある「上岡写真館《かみおかしゃしんかん》」のオーナー兼《けん》カメラマンの上岡蓮太《かみおかれんた》

郎《ろう》さんが、未来《みらい》にタイムトリップして買《か》ってもどってきて、クリスマスプレゼントにくれたものだ。

上岡《かみおか》さんは、タイムスコープを持《も》っている。タイムスコープというのは、わたしたちタイムスリッパーを見張《みは》っている時間管理局《じかんかんりきょく》が開発《かいはつ》した時界移動装置《じかいいどうそうち》のこと。あれさえあれば、いつでも好《す》きな時代《じだい》、好《す》きな場所《ばしょ》に移動《いどう》することができる。でも十八歳未満《さいみまん》は使用禁《しようきん》止《し》なのだ。

ピアノの下《した》に這《は》いつくばっている男《おとこ》の人《ひと》は、わたしたちのことに、ぜんぜん気《き》づいていないみたい。

あたりを見《み》ると、ピアノの下《した》だけじゃなく、部屋《へや》じゅうに、いろんなものが散《ち》らばっている。

衣服《いふく》……紙切《かみき》れ……パンくず……。

それに……金《かな》だらい!?　なにに使《つか》うのかしら。

部屋《へや》のなかは、はっきりいってきたない。

左右《さゆう》から腕《うで》を突《つ》っつかれた。

「香里《かおり》ちゃん……。」

亮平《りょうへい》くんにつづいて、拓《た》っくんにきかれた。

「……あれ、だれ？」

「わかんない。」

「っていうか、ここ、どこかな？」

「わかんない。」

「いつかな。」

「わかんないよ。」

そのとき、ピアノの下《した》で這《は》いつくばっている男《おとこ》の人《ひと》の声《こえ》が聞《き》こえてきた。

――「ああ、きたない、きたない！　手《て》をついてしまった！」

見《み》ると、ピアノの下《した》の男《おとこ》の人《ひと》は、両膝《りょうひざ》をついたまま、両《りょう》の手《て》のひらを見《み》てから、パチパチとたたいている。

そして、ふっと、ものすごくさみしそうな顔《かお》つきになり、ため息《いき》をつく。

なにをなくしたのか、なにを捜《さが》しているか知《し》らないけど、すごく大事《だいじ》なものなのね。

男《おとこ》の人《ひと》は、まだ、わたしたちの存在《そんざい》に気《き》づいていない。

自分《じぶん》の手《て》のひらばかり見下《みお》ろして、すごく気《き》むずかしそうな顔《かお》をしている。

その男《おとこ》の人《ひと》が、まるでスローモーションみたいに、ゆーっくりと顔《かお》をあげた。

わたしと目《め》が合《あ》った。

男《おとこ》の人《ひと》、わたしの顔《かお》をじっと見《み》てくる。

大《おお》きな目《め》をぱちくり。

わたしも目《め》をぱちくり。

「だれ?」

わたしは質問《しつもん》に答《こた》える前《まえ》に口《くち》を開《ひら》いた。

「こんにちは。」

すぐに腕時計型同時通訳装置《うでどけいがたどうじつうやくそうち》をはずして、耳《みみ》をすませた。

でも男《おとこ》の人《ひと》は、少《すこ》し間《ま》を置《お》いてから口《くち》を開《ひら》いた。

「Guten《グーテン》 Tag《ターク》.(こんにちは)」

これって、ドイツ語《ご》。

学校《がっこう》で英語《えいご》しか習《なら》ってないけど、ドイツ語《ご》の「グーテンターク（こんにちは）」、フランス語《ご》の「ボンジュール（こんにちは）」くらいは知《し》ってる。

わたしは、腕時計型同時通訳装置《うでどけいがたどうじつうやくそうち》をはめなおした。

男《おとこ》の人《ひと》のドイツ語《ご》が日本語《にほんご》に訳《やく》されて聞《き》こえてくる。

「ど、ど、泥棒《どろぼう》！」

「ち、ちがいます！」

わたしは、顔《かお》の前《まえ》で手《て》をひらひらさせて否定《ひてい》した。

「いや、泥棒《どろぼう》にちがいない！」

えっ……。

「わ、わたしの楽譜《がくふ》を返《かえ》せ！」

男《おとこ》の人《ひと》は、両膝《りょうひざ》をついた姿勢《しせい》から、四《よ》つん這《ば》いになると、いろんなゴミを左右《さゆう》に蹴散《けち》らしながら、走《はし》るイグアナのような動《うご》きで出《で》てきて、立《た》ち上《あ》がった。

身長《しんちょう》は、たぶん百六十五センチくらい。あまり大《おお》きくない。

大《おお》きなえりの白《しろ》いシャツと赤《あか》いスカーフ（かな？）を包《つつ》んでいる、黒《くろ》っぽく見《み》えたジャ

ケットとズボンは、よく見《み》るとダークグレーだった。毛足《けあし》の長《なが》い布地《ぬのじ》で仕立《した》ててある。それに黒《くろ》い革靴《かわぐつ》をはいている。

でも、ぱりっとしてるかんじじゃない。よれっとしてる。いま着《き》てるのがふだん着《ぎ》だからなのかな？

「楽譜泥棒《がくふどろぼう》！」

男《おとこ》の人《ひと》は、いきなり、わたしたちに向《む》かってきた。

わたしたちは立《た》ちあがるなり、うしろに駆《か》けだした。

でも、すぐに目《め》の前《まえ》に壁《かべ》が迫《せま》ってきた。

壁《かべ》を背《せ》に、三人並《にんなら》んで立《た》った。わたしが真《ま》ん中《なか》、右《みぎ》に拓《た》っくん、左《ひだり》に亮平《りょうへい》くん。

タイムがわたしたちの前《まえ》に立《た》って、ほえる。

「ワン！　ワンワン！」

近《ちか》づくな！　とさけんでいるのだろう。

男《おとこ》の人《ひと》が、わたしたちから二メートルくらい前《まえ》に立《た》ちふさがり、にらみつけてくる。

すごく、怖《こわ》い。

わたしは、男《おとこ》の人《ひと》に向《む》かってさけんだ。

「わたしたちは、泥棒《どろぼう》じゃありません！　あなたの楽譜《がくふ》を盗《ぬす》んでません！」

「泥棒《どろぼう》でなければなんだ！」

「えっと……中学生《ちゅうがくせい》……学生《がくせい》です。」

「なんだと？」

「学生《がくせい》、です！」

「信《しん》じられるか！」

「信《しん》じてください。」

わたしたちは頭《あたま》を下《さ》げた。

「名《な》を名《な》乗《の》れ！」

「わたしは遠山香里《とおやまかおり》といいます。」

「おれ……ぼ、ぼくは氷室拓哉《ひむろたくや》。」

「ぼくは堀田亮平《ほったりょうへい》。」

拓《た》っくんと亮平《りょうへい》くんがつづく。

わたしたちの顔《かお》を順繰《じゅんぐ》りに見《み》てから、きいてきた。

「おまえたち、どこから来《き》たのだ！」

ちょうど、わたしと目《め》が合《あ》った。

わたしが答《こた》えた。

「ユーラシア大陸《たいりく》の東《ひがし》の海《うみ》に浮《う》かぶ、日本《にっぽん》という島国《しまぐに》からです。」

「ウソをつけ。そんな遠《とお》いところから来《こ》られるはずがない。どうやって来《き》たのだ。」

タイムスリップしてきた、とはいえない。かといって、飛行機《ひこうき》に乗《の》ってきました、とかは、だいいちウソだし、きっと信《しん》じてもらえないだろう。

わたしが返事《へんじ》に困《こま》っていると、男《おとこ》の人《ひと》が、またきいてきた。

「どこから入《はい》ってきた。」

タイムスリップしてきたんだから、時界《じかい》の隙間《すきま》から入《はい》ってきたことにはなるんだけど……。

「えっと……そ、外《そと》から……。」

「外《そと》から？　やっぱり泥棒《どろぼう》ではないか！」

男《おとこ》の人《ひと》が、足《あし》を踏《ふ》み出《だ》した瞬間《しゅんかん》――。

わたしたちは左右《さゆう》に散《ち》った。

わたしと拓《た》っくんが右《みぎ》に、亮平《りょうへい》くんが左《ひだり》に。タイムは、男《おとこ》の人《ひと》の足《あし》のあいだをすり抜《ぬ》けてから、わたしと拓《た》っくんのいる右側《みぎがわ》にまわりこんでくる。

こんどは、男《おとこ》の人《ひと》が壁《かべ》を背《せ》にして立《た》ち、拓《た》っくんとわたし、亮平《りょうへい》くんをにらみつける。

「泥棒《どろぼう》のくせに！」

わたしは、男《おとこ》の人《ひと》にいった。

「ですから、わたしたち、泥棒《どろぼう》じゃないです！」

「うるさい！」

男《おとこ》の人《ひと》が、わたしと拓《た》っくんとタイムのほうに向《む》かってくる。

わたしたちがあとずさりかけたとき、男《おとこ》の人《ひと》から見《み》て左側《ひだりがわ》に立《た》っている亮平《りょうへい》くんがきいた。

「ここ、ドイツですか！」

さっき男《おとこ》の人《ひと》がドイツ語《ご》をしゃべっているとわかったからだ。

「オーストリアだ。」
オーストリアは、ドイツの隣国《りんごく》。南東《なんとう》に位置《いち》している。当時《とうじ》はオーストリア帝国《ていこく》といって、いまの何倍《なんばい》もの領土《りょうど》をもっていたの。

香里《かおり》クイズ

Q《キュー》.ウィーンは、現在《げんざい》のオーストリアのどこらへんにある?

A《エー》 北東《ほくとう》
B《ビー》 北西《ほくせい》
C《シー》 南東《なんとう》
D《ディー》 南西《なんせい》

「オーストリアのどこですか？」

「ウィーンだ！」

ウィーンは、オーストリアの首都《しゅと》。現在《げんざい》のオーストリアの北東部《ほくとうぶ》に位置《いち》している。

「いま、西暦何年《せいれきなんねん》の何月《なんがつ》ですか？」

「一八〇八年《ねん》の十二月《がつ》はじめだ！」

日本《にっぽん》でいうと江戸時代《えどじだい》の終《お》わりのほうにタイムスリップしたことになる。

亮平《りょうへい》の豆知識《まめちしき》

一八〇八年《ねん》の日本《にっぽん》

日本《にっぽん》の一八〇八年《ねん》は和暦《われき》では文化《ぶんか》五年《ねん》。十一代将軍徳川家斉《だいしょうぐんとくがわいえなり》の時代《じだい》。

六月《がつ》には間宮林蔵《まみやりんぞう》と松田伝十郎《まつだでんじゅうろう》が間宮海峡《まみやかいきょう》の存在《そんざい》を確認《かくにん》。

八月《がつ》には長崎港《ながさきこう》にイギリス軍艦《ぐんかん》フェートン号《ごう》が不法侵入《ふほうしんにゅう》して、まき、水《みず》、食料《しょくりょう》などを要求《ようきゅう》するフェートン号事件《ごうじけん》が起《お》きていたよ。


たしかナポレオンさんとジョゼフィーヌさんに会《あ》ったのは一八〇二年《ねん》だから、けっこう年代《ねんだい》が近《ちか》い。

「ここがどこで、いまがいつかも知《し》らないとは！　泥棒《どろぼう》は成敗《せいばい》してくれる！」

男《おとこ》の人《ひと》が、亮平《りょうへい》くんのほうへ走《はし》りだそうする。

「亮平《りょうへい》くん！　あぶない！」

「亮平《りょうへい》！　こっち来《こ》い！」

走《はし》りだした男《おとこ》の人《ひと》が、足下《あしもと》にある紙《かみ》くずで靴底《くつぞこ》をすべらせ、おおげさなくらい、仰向《あおむ》けにひっくり返《かえ》った。

それを見《み》て、亮平《りょうへい》くんが、男《おとこ》の人《ひと》を見下《みお》ろしながらまわりこみ、わたしと拓《た》っくんのほうに走《はし》ってくる。

男《おとこ》の人《ひと》は、立《た》ちあがろうとして、また、同《おな》じようにひっくり返《かえ》った。

「だ、だいじょうぶですか？」

わたしは数歩前《すうほまえ》に出《で》て、男《おとこ》の人《ひと》に手《て》を差《さ》しのべた。

「香里《かおり》ちゃん！」

「やめときなって！」

拓《た》っくんと亮平《りょうへい》くんが、わたしを止《と》めに入《はい》った。でも、わたしは手《て》をひっこめなかった。

「どうぞ、つかんでください。またすべっちゃいますよ。」

男《おとこ》の人《ひと》は、いぶかしげな顔《かお》つきのまま、右手《みぎて》を差《さ》し出《だ》してきた。

でも、男《おとこ》の人《ひと》は自分《じぶん》の右手《みぎて》を見《み》たとたん、さけんだ。

「うわっ！　手《て》がよごれた！」

男《おとこ》の人《ひと》は尻《しり》もちをついたままの姿勢《しせい》で、上着《うわぎ》からハンカチを出《だ》して、両手《りょうて》をこすりあわせるように手《て》を拭《ふ》きはじめた。

わたしたちのことなど、もう眼中《がんちゅう》にないかんじ。

「ああ、ダメだ！」

男《おとこ》の人《ひと》は、さっき、すべって転《ころ》んだことなど忘《わす》れたかのように、すっくと立《た》ちあがった。

「て、手《て》を、洗《あら》ってくる！　ハ、ハンカチもとりかえてくる！　――ああ、きたない、きたない、きたない。」

日本《にっぽん》とちがって、外《そと》を歩《ある》いていた靴《くつ》のまま家《いえ》のなかに入《はい》って過《す》ごすから、床《ゆか》がよごれやすくなるんだ……。

部屋《へや》はきたないけど、この男《おとこ》の人《ひと》、きれい好《ず》き……潔癖性《けっぺきしょう》……なのかな？

歩《ある》きだした男《おとこ》の人《ひと》は、目《め》の前《まえ》に立《た》っているわたしたちにいった。

「道《みち》を空《あ》けろ。」

わたしは男《おとこ》の人《ひと》にきいた。

「わたしたちを捕《つか》まえなくていいんですか？　わたしたちを捕《つか》まえようとしていたんじゃないんですか？」

「手《て》を洗《あら》ってからだ！　おまえたちを捕《つか》まえるのはそれからだ！」

えっ!?　この人《ひと》、自分《じぶん》がなにをいってるかわかっているのかしら。

ドアのほうに歩《ある》きかけた男《おとこ》の人《ひと》が、ふと立《た》ち止《ど》まり、わたしたちのほうを振《ふ》り返《かえ》って、いった。

「靴底《くつぞこ》を見《み》せてみろ。」

わたしが右足《みぎあし》をあげて、靴底《くつぞこ》を見《み》せると、じっと見《み》てきた。

「きたない！　土《つち》がついておる！　いますぐ庭《にわ》に出《で》て、芝《しば》で拭《ふ》いてこい！」

やっぱり潔癖性《けっぺきしょう》なのかもしれない。

わたしたちの靴底《くつぞこ》についているのは、音羽《おとわ》の森《もり》の土《つち》だ。

わたし、拓《た》っくん、亮平《りょうへい》くんにつづいて、タイムも移動《いどう》する。

わたしたちは、大《おお》きなガラスのはめこまれたドアから出《で》て、芝生《しばふ》の上《うえ》で靴底《くつぞこ》を拭《ぬぐ》ってからもどり、また靴底《くつぞこ》を見《み》せた。

タイムも「お手《て》」をするように右前足《みぎまえあし》をあげて、男《おとこ》の人《ひと》に見《み》せる。

「いいだろう。――そのまま動《うご》かずに待《ま》っていろ！　もどってきたら捕《つか》まえてやるからな！」

男《おとこ》の人《ひと》は、足《あし》でゴミを乱暴《らんぼう》に蹴散《けち》らしながら、ドアを開《あ》け、部屋《へや》から出《で》ていった。

ドアのほうを見《み》ながら、わたしは首《くび》をかしげた。

「あの人《ひと》が手《て》を洗《あら》っているあいだに、わたしたちが逃《に》げるかもしれないって思《おも》わないのかな？」

「じゃあ、逃《に》げる？」

拓《た》っくんがきいてきたので、わたしは答《こた》えた。

「行《い》くところ、ないよ。」

「だよね。――ところで、あの人《ひと》、だれかな？」

「あのさ……。」

亮平《りょうへい》くんだ。

「ピアノがあるから音楽家《おんがくか》じゃない？」

拓《た》っくんが首《くび》を横《よこ》に振《ふ》る。

「音楽家《おんがくか》だったら、あの白《しろ》いカツラかぶってるんじゃないか？　ほら、音楽室《おんがくしつ》の壁《かべ》に、たくさん絵《え》があったじゃん。」

拓哉《たくや》の豆知識《まめちしき》

音楽家《おんがくか》のカツラ

もともとは、水《みず》が少《すく》ないため風呂《ふろ》に入《はい》れない。そこでノミやシラミから守《まも》るため、髪《かみ》を短《みじか》く剃《そ》ってカツラをかぶったらしいけど、そのなごり。正装《せいそう》の一部《いちぶ》になったんだ。肖像画《しょうぞうが》が残《のこ》っているから音楽家《おんがくか》たち特有《とくゆう》のものと思《おも》いがちだけど、そうじゃないよ。

すると、亮平《りょうへい》くんが「ぷっ。」と吹《ふ》いた。

「なんだよー。」

拓《た》っくんがツッコミを入《い》れると、亮平《りょうへい》くんが笑《わら》いながら、いった。

「あの人《ひと》、ベートーベンじゃない？　だって、おれたち、弁当食《べんとうた》べててタイムスリップしたじゃん。だから、弁当《べんとう》……弁当弁《べんとうべん》……ベートーベン、なんちゃって。」

拓《たく》っくんとわたしは顔《かお》を見合《みあ》わせてから、吹《ふ》き出《だ》した。

「そんなわけないじゃん！」

「あの人《ひと》がベートーベンだなんて！」

拓《たく》っくんにつづいて、わたしも笑《わら》っていると、ドアが開《ひら》き、声《こえ》が聞《き》こえてきた。手《て》を洗《あら》って、もどってきたらしい。

――「どうして、わたしの名前《なまえ》を知《し》っているのだ？」

③耳《みみ》はどこまで不自由《ふじゆう》？

わたし、拓《た》っくん、亮平《りょうへい》くんは顔《かお》を見合《みあ》わせた。三人《にん》とも口《くち》をぽかん。

わたしは、手洗《てあら》いからもどってきて、ドアを閉《し》めた男《おとこ》の人《ひと》にきいた。

「あなた、ほんとうに、ベートーベン……さん……なんですか？」

「そうだ。」

「えっと、音楽家《おんがくか》の？」

「いかにも。」

男《おとこ》の人《ひと》がうなずく。

マジで。ウソでしょ。

香里《かおり》クイズ

Q《キュー》. ベートーベンのフルネームは?

A《エー》 ヨハン・バン・ベートーベン

B《ビー》 マリア・バン・ベートーベン

C《シー》 ルートビッヒ・バン・ベートーベン

男《おとこ》の人《ひと》が、あらたまっていう。

「正《ただ》しくは、ルートビッヒ・バン・ベートーベンだ。」

わたしたちの耳《みみ》には、そう聞《き》こえたけど、じっさいはドイツ語《ご》読《よ》みで「ルートヴィヒ・ファン・ベートホーフェン」と聞《き》こえていたはず。「ベートーベン」は苗字《みょうじ》。

香里《かおり》の豆知識《まめちしき》

ベートーベンさんが、どんなことをした人《ひと》か知《し》らなくても、名前《なまえ》くらいは聞《き》いたことがあるでしょ？　簡単《かんたん》に、ここに登場《とうじょう》するまでのベートーベンさんの年表《ねんぴょう》を書《か》いておくね。お願《ねが》いだから、読《よ》んでね。

ベートーベン年表《ねんぴょう》　①

一七七〇年《ねん》　現代《げんだい》のドイツのボンに生《う》まれる。
一七七六年《ねん》　父《ちち》ヨハンから音楽《おんがく》の手《て》ほどきを受《う》けはじめる。
一七七八年《ねん》　ケルンでピアニストとして公開演奏会《こうかいえんそうかい》に初出演《はつしゅつえん》。
一七八三年《ねん》　本格的《ほんかくてき》な創作活動《そうさくかつどう》をはじめる。
一七八四年《ねん》　正式《せいしき》な宮廷《きゅうてい》オルガン奏者《そうしゃ》に就任《しゅうにん》。報酬《ほうしゅう》を得《え》るようになる。

一七八七年《ねん》　ウィーンへ研修旅行《けんしゅうりょこう》。モーツァルトの自宅《じたく》を訪《たず》ねる。母《はは》マリア・マグダレーナ没《ぼっ》。
一七八八年《ねん》　父《ちち》の酒癖《さけぐせ》のため、貧困《ひんこん》に苦《くる》しむ。
一七八九年《ねん》　ボンの国民劇場《こくみんげきじょう》でオーケストラのヴィオラ奏者《そうしゃ》となる。この年《とし》、フランス革《かく》命起《めいお》こる。
一七九二年《ねん》　ハイドンに弟子入《でしい》りする。父《ちち》ヨーハン没《ぼっ》。
一七九五年《ねん》　ウィーンで公開演奏会《こうかいえんそうかい》デビュー。ハイドン主催演奏会《しゅさいえんそうかい》で『ピアノ協奏曲第一《きょうそうきょくだい》番《ばん》』を演奏《えんそう》。
一八〇〇年《ねん》　はじめてみずから主催《しゅさい》の音楽会《おんがくかい》を開《ひら》く。『交響曲第一番《こうきょうきょくだいばん》』などを初演《しょえん》。
一八〇一年《ねん》　このころから難聴《なんちょう》を訴《うった》える。
一八〇二年《ねん》　難聴《なんちょう》に苦《くる》しみ、「ハイリゲンシュタットの遺書《いしょ》」を書《か》く。
一八〇七年《ねん》　『交響曲第一《こうきょうきょくだい》～四番《ばん》』などを演奏《えんそう》。アン・デア・ウィーン劇場《げきじょう》の座付《ざつ》き音楽《おんがく》家《か》の地位《ちい》を請願《せいがん》したが断《ことわ》られる。

ベートーベンさんがつづける。

「なにゆえ、わたしの名《な》を知《し》っている。」

拓《た》っくんがいう。

「だって、ベートーベンさん、有名《ゆうめい》じゃん！」

ベートーベンさん、身体《からだ》を少《すこ》しかたむけ、わたしたちのほうに耳《みみ》を向《む》け、少《すこ》したってから、うなずいた。

「うむ。たしかに、わたしは有名《ゆうめい》だ。」

拓《た》っくん、亮平《りょうへい》くん、わたし、タイム（ん？）は、まるで「吉本新喜劇《よしもとしんきげき》」の役者《やくしゃ》みたいに、おおげさにズッコケそうになった。

拓《た》っくんが大声《おおごえ》で、しかも、すごくあやしい大阪弁《おおさかべん》でツッコミを入《い》れる。

「自分《じぶん》でいうんかいっ。」

ベートーベンさん、顔《かお》をそむける。

「つ、つばを飛《と》ばすな！　きたない！」

さらに、ベートーベンさんが首《くび》をかしげてから、いった。

「いま、なにかいったか？」

拓《た》っくんが小声《こごえ》でいう。

「大阪弁《おおさかべん》だからドイツ語《ご》に通訳《つうやく》してくれなかったのかな？」

亮平《りょうへい》くんが、あることに気《き》づいて、やっぱり小声《こごえ》でいった。

「たしか、ベートーベンさんって……。」

そこで声《こえ》をひそめる。

「……耳《みみ》が不自由《ふじゆう》だったんじゃなかったっけ？」


ベートーベンの噂《うわさ》はホント？

ベートーベンはほんとうに耳《みみ》が不自由《ふじゆう》だった？

「でもさ……。」

拓《た》っくんだ。

「ベートーベンさん、はじめから、おれたちと会話《かいわ》できてるぜ。もっとも、おれたちの話《はなし》を聞《き》いてから言葉《ことば》が返《かえ》ってくるまで、少《すこ》し時間《じかん》がかかるときがあるけど。」

「ひょっとして……。」

わたしは、つぶやいてから、ベートーベンさんにきいた。

「失礼《しつれい》なことをお尋《たず》ねしますけど、ベートーベンさんって、ちょっと耳《みみ》が不自由《ふじゆう》ですか？」

「ふん！」

ベートーベンさん、そっぽを向《む》く。

うーん、でも、その横顔《よこがお》は、どこかさみしそう。

横《よこ》を向《む》いてわかったけど、耳《みみ》のなかには黄色《きいろ》い液体《えきたい》を染《し》みこませた綿《わた》が詰《つ》められている。薬《くすり》なのかな？

ベートーベンさん、ため息《いき》まじりにいう。

「それがどうした。」

「生《う》まれつき、ですか？」

「ちがう！」

香里《かおり》クイズ

Q《キュー》．ベートーベンが難聴《なんちょう》になったのは何歳《なんさい》のとき？
A《エー》　八歳《さい》
B《ビー》　十八歳《さい》
C《シー》　二十八歳《さい》

「わたしが難聴《なんちょう》に気《き》づいたのは、いまから十年前《ねんまえ》、二十七、八歳《さい》のときのことだ。年々《ねんねん》、月々《つきづき》、日々《ひび》……悪《わる》くなってきている。だから、わたしは、この耳《みみ》が聞《き》こえなくなる前《まえ》に、作曲《さっきょく》をしなければならないのだ！　だから！　だから！　ああっ！」

ベートーベンさん、両手《りょうて》をおおげさに突《つ》きあげたかと思《おも》うと、その両手《りょうて》で頭《あたま》をかきむしりはじめた。もじゃもじゃの髪《かみ》の毛《け》が、ますます、もじゃもじゃになる。

わたしはベートーベンさんに声《こえ》をかけた。

「ベートーベンさん、カツラはしていないんですね。」

「したことがないわけではないが、あれはきらいだ。ほかの人《ひと》がしているから自分《じぶん》もするというのはイヤなのだ！」

そういいながらも、ベートーベンさんは髪《かみ》の毛《け》をかきむしる。フケが飛《と》ぶ。

「ヒャン！」

わたしの足下《あしもと》にいたタイムが数歩《すうほ》さがる。

この髪《かみ》の毛《け》をかきむしるシーン、フケが飛《と》ぶシーン、どこかで見《み》たことがある。

すると映画好《えいがず》きの拓《た》っくんがいった。

「金田一耕助《きんだいちこうすけ》だ！」

ああ、それ、それ！

探偵小説家《たんていしょうせつか》の横溝正史先生《よこみぞせいしせんせい》が生《う》んだ名探偵《めいたんてい》、金田一耕助《きんだいちこうすけ》も集中《しゅうちゅう》して考《かんが》えているとき、もじゃもじゃの髪《かみ》の毛《け》をかきむしるんだけど、そのとき大量《たいりょう》のフケが飛《と》ぶのだ。映画《えいが》でもそんなシーンが描《えが》かれていた。正《ただ》しくは、金田一耕助《きんだいちこうすけ》を演《えん》じた俳優《はいゆう》の人《ひと》の髪《かみ》の毛《け》に仕込《しこ》まれたパンくずかなにか、だけど。

ベートーベンさんが首《くび》をかしげる。

「キンダイチコウスケ？　だれだ、それ。」

わたしは、あわてて手《て》をひらひらさせた。

「こ、こっちの話《はなし》です。そんなことより……。」

わたしは顔《かお》をそむけたまま、抗議《こうぎ》した。

「ああん！　ベートーベンさん、やめてください！　きたないから！」

さっきは床《ゆか》をさわった手《て》を速攻《そっこう》で洗《あら》いに行《い》ってたし、つばが飛《と》ぶのをいやがっていたけど、ほんとうに潔癖性《けっぺきしょう》なのかな。

ベートーベンさんの動《うご》きが、はた、と止《と》まる。

「そうだ！　楽譜《がくふ》！　楽譜《がくふ》だ！　わたしの楽譜《がくふ》を返《かえ》せ！」

ベートーベンさんが、わたしたちをつかみにかかった。

「逃《に》げて！」

「ワン！」

わたしとタイムの声《こえ》と同時《どうじ》に、三人《にん》と一匹《ぴき》は散《ち》った。

わたしは、ベートーベンさんの正面《しょうめん》でピアノを背《せ》に立《た》っている。タイムは、わたしの前《まえ》に立《た》っている。

拓《た》っくんは、わたしの右側《みぎがわ》。ドアからいちばん遠《とお》い。

亮平《りょうへい》くんは、わたしの左側《ひだりがわ》。ドアにいちばん近《ちか》い。

ベートーベンさんが、右手《みぎて》を広《ひろ》げながら、わたしに向《む》かって、ぐいっと差《さ》し出《だ》してくる。

「わたしの楽譜《がくふ》を返《かえ》せ。あれがないと、わたしの作曲《さっきょく》が先《さき》に進《すす》まんのだ！」

わたしはベートーベンさんにきいた。

「楽譜《がくふ》って一枚《まい》ですか？」

「ちがう！　束《たば》だ！　束《たば》！」

「楽譜《がくふ》、ぜんぶなくしちゃったんですか？　どこに置《お》いてあったんですか？」

「ピアノの譜面台《ふめんだい》だ！　楽譜《がくふ》を書《か》きながら弾《ひ》いていたのだ！」

「落《お》としたんじゃないですか？」

「そう思《おも》って、ピアノの下《した》を捜《さが》していたのだ！　だが、ない！」

拓《た》っくんがピアノの下《した》を指《ゆび》さす。

「あの紙《かみ》くずのなかにあるの？」

「くしゃくしゃにしているのは書《か》き損《そん》じだ！　わたしが捜《さが》しているのは、くしゃくしゃにしていない、平《たい》らな楽譜《がくふ》の束《たば》だ！」

わたしは、ベートーベンさんにいった。

「なら、すぐ見《み》つかるはずですよね。」

「そうだ！　見《み》つかるはずだ！　だが、ないのだ！」

「いつ、なくなっていることに気《き》づいたんですか？」

「手洗《てあら》いのためピアノから離《はな》れて、もどってきたときだ。」

「そう、ですか……。」

「やっぱり、おまえたちが盗《ぬす》んだにちがいない！　ああ！　もう少《すこ》し！　もう少《すこ》し！　なにかが足《た》りない、というか、なにかが見《み》つかれば、なにかしっくりこないのだ！　なにかが見つかれば、曲は完成するのだ！そのために楽譜《がくふ》が必《ひつ》要《よう》なのだ！　返《かえ》せ！　楽譜《がくふ》を返《かえ》せ！」

ベートーベンさんが両手《りょうて》を振《ふ》りあげながら、わたしたちに迫《せま》ってきた。

「逃《に》げて！」

わたしはドアのほうへ逃《に》げながら号令《ごうれい》をかけた。わたしのうしろから、亮平《りょうへい》くんも拓《た》っくんもタイムもついてくる。

わたしがドアのノブに手《て》をかけようとし

たときだった。
ドアがいきなり、内側《うちがわ》に開《ひら》いた。
わたしは、ドアに顔《かお》をぶつけてから、うしろ向《む》きに尻《しり》もちをついた。
わたしのうしろから来《き》ていた、拓《た》っくん、亮平《りょうへい》くん、タイムも、尻《しり》もちをついた。
――「なにをさわいでいらっしゃるのです！」
頭《あたま》の上《うえ》から、女《おんな》の人《ひと》の声《こえ》が降《ふ》ってきた。

④ 家主《やぬし》と居候《いそうろう》と弟子《でし》と

わたしは、声《こえ》がしたほうを見《み》あげた。

ひとりの女《おんな》の人《ひと》が、ものすごーく怖《こわ》い顔《かお》をして、わたしたち三人《にん》のことを見下《みお》ろしている。

見《み》あげていても、小柄《こがら》な人《ひと》だとわかる。

年齢《ねんれい》は三十歳《さい》くらいかな。

白《しろ》いドレスに、緑色《みどりいろ》のショールをまとっている。

その女《おんな》の人《ひと》は、わたしたちと大差《たいさ》なさそうな、十代前半《だいぜんはん》くらいの、良家《りょうけ》のおぼっちゃん風《ふう》の金髪《きんぱつ》の少年《しょうねん》をうしろに連《つ》れていた。

香里《かおり》クイズ

Q《キュー》．この物語《ものがたり》当時《とうじ》、ベートーベンが住《す》んでいたのは、だれの家《いえ》？

A《エー》　マリーさん

B《ビー》　ムリーさん

C《シー》　メリーさん

「マリーさん……！」

尻《しり》もちをついたまま振《ふ》り返《かえ》ると、ベートーベンさんが、その女性《じょせい》のほうを見《み》ていた。

ベートーベンさんに「マリーさん」と呼《よ》ばれた女《おんな》の人《ひと》が、わたしを見下《みお》ろしながら命《めい》じてきた。

「立《た》ちなさい。」

「はい。」

わたしは返事《へんじ》をして、立《た》ちあがった。

拓《た》っくん、亮平《りょうへい》くん、そしてタイムも立《た》ちあがる。

「ベートーベン先生《せんせい》！　いったい、なんのさわぎです？」

するとベートーベンさんが訴《うった》えるように、いった。

「この子《こ》たちが、わたしの楽譜《がくふ》を盗《ぬす》んだのだ！」

「先生《せんせい》が作曲《さっきょく》されていた、あの楽譜《がくふ》ですか？」

「そうです。」

「おほほほ。」

女《おんな》の人《ひと》が笑《わら》う。

「たしか、あの楽譜《がくふ》は束《たば》になっていたはず。この子《こ》たちの身体《からだ》の、どこに隠《かく》すというのです？」

「うう……。」

マリーさんがいう。

「で、ベートーベン先生《せんせい》、この子《こ》たちは、だれなのです?」

「楽譜泥棒《がくふどろぼう》。」

「ですから、持《も》っているようすはありませんことよ。」

ベートーベンさん、少《すこ》しビビったかんじで答《こた》えた。

「近所《きんじょ》の子《こ》、らしい。」

「らしい?」

マリーさんが顔《かお》をしかめる。

「ベートーベン先生《せんせい》が、近所《きんじょ》の子《こ》を招《まね》いたのですか?」

「あ、いや、その……。」

「こういってはなんでございますが、とても子《こ》どもを好《す》きそうに思《おも》えないベートーベン先《せん》生《せい》が、近所《きんじょ》の子《こ》を招《まね》き入《い》れたとおっしゃるのですか?」

「ううう……。」

わたしは、ベートーベンさんのほうを振《ふ》り返《かえ》って、目《め》でお願《ねが》いした。

「……ま、まあ、そうだ。そうです。そうなのです。」

「さようで。」

マリーさんは、わたしたちを、まっすぐに見《み》た。

その目《め》は、猜疑心《さいぎしん》でいっぱい。

こういうときには……そうだ！

わたしは、頭《あたま》を下《さ》げてから、名乗《なの》った。

子《こ》どもらしく振《ふ》る舞《ま》うにかぎる。もう中学生《ちゅうがくせい》なんだけど。

拓《た》っくんと亮平《りょうへい》くんもつづく。

「ヘンな名前《なまえ》。」

マリーさんは、わたしたち三人《にん》の頭《あたま》の先《さき》から爪先《つまさき》まで、じーっと見《み》てくる。

「三人《にん》そろって、肌《はだ》は黄色《きいろ》いし、髪《かみ》の毛《け》だって黒《くろ》い。ほんとうに近所《きんじょ》の子《こ》なのかしらね。

ねえ、ベートーベン先生《せんせい》。」

わたしたちも、ベートーベンさんも返事《へんじ》ができないでいた。

マリーさんがつづける。

「おまけに、妙《みょう》な服《ふく》だわね。」

とくに、わたしのほうを、じーっと見《み》てくる。

「女《おんな》の子《こ》なのにドレスを着《き》ていないのね。まるで男《おとこ》の子《こ》みたいな格好《かっこう》をして、恥《は》ずかしくないのかしらね。」

「まったくです。」

そういうベートーベンさんのほうを振《ふ》り向《む》いて、タイムがほえる。

「ウウ……ワン！」

ベートーベンさんは、両手《りょうて》で耳《みみ》をふさぎながら、頬《ほお》をぴくぴくさせている。

わたしは、ベートーベンさんにいった。

「家《いえ》のなかに犬《いぬ》をあげて、ごめんなさい。」

「あまりほえさせるな。音《おと》が響《ひび》く。」

「ごめんなさい。」

タイム、マリーさんのほうを見《み》あげながら、尻尾《しっぽ》をぶんぶん。

飼《か》い主《ぬし》だからいうわけじゃないけど、あいきょうを振《ふ》りまいているタイムは、めちゃめちゃかわいい。

「かわいい〜。」

マリーさん、しゃがむなり、タイムに抱《だ》きついた。両手《りょうて》で頭《あたま》をくしゃくしゃする。

ああ、そうか。犬《いぬ》は、人《ひと》よりも「人《ひと》を見《み》る目《め》」というか、「犬《いぬ》を好《す》きかどうかを見抜《みぬ》く目《め》」を持《も》っているんだった。だから尻尾《しっぽ》を振《ふ》っていたわけか。

マリーさんがタイムに夢中《むちゅう》になっているあいだに、わたしはベートーベンさんのほうに少《すこ》し近《ちか》づいて、尋《たず》ねた。

「ベートーベンさん、マリーさんって……。」

ベートーベンさん、目《め》をぱちくりさせてからいった。

「家主《やぬし》さん。」

「えっ!?　家主《やぬし》さん?」

拓哉《たくや》の豆知識《まめちしき》

マリー夫人《ふじん》

マリーさんは、このころ二十九歳《さい》。いまのルーマニア生《う》まれ。エルデーディ伯爵《はくしゃく》と結婚《けっこん》していたけど、三年前《ねんまえ》に離婚《りこん》。いまは年下《としした》の作曲家《さっきょくか》フランツ・クサファー・ブラウフルとおつきあいしてるらしいんだ。ベートーベンさんの理解者《りかいしゃ》だったんだよ。

「はじめ、わたしは近所《きんじょ》に住《す》んでいたのだが、『部屋《へや》が余《あま》ってるからいらっしゃい。』って招《まね》いてくれたのだ。」

タイムにかまけていたマリーさんが、ため息《いき》をつきながらいう。

「だってベートーベン先生《せんせい》、ウィーンに来《き》てから、引《ひ》っ越《こ》しばかりされてて落《お》ち着《つ》かないっておっしゃってたから。」

話《はな》し方《かた》は、ちょっと、しゃきしゃきしたかんじ。

わたしは、ベートーベンさんに尋《たず》ねた。

「そんなに引《ひ》っ越《こ》しを？」

「年《ねん》一回以上《かいいじょう》、いや二回《かい》かな。これまで三十回《かい》くらい引《ひ》っ越《こ》してるな。」

「どうして、そんなに引《ひ》っ越《こ》しを？」

ベートーベンさんにかわって、マリーさんが答《こた》える。

「先生《せんせい》は、掃除《そうじ》しないで、よごれたら引《ひ》っ越《こ》す、っていうのをくり返《かえ》してたみたいですの。」

亮平《りょうへい》くんが小声《こごえ》でいう。

「葛飾北斎《かつしかほくさい》みたいだな。北斎《ほくさい》も、掃除《そうじ》しない引《ひ》っ越《こ》し魔《ま》だったみたい。」

すぐさま拓《た》っくんがツッコミを入《い》れる。

「さすが歴史《れきし》オタク。」

ああ、また、はじまった。

「ちがう。だから……。」

「歴史《れきし》マニア。」

「だから……ちがうって。おれは、歴史《れきし》ファン。」

わたしは、マリーさんにきいた。

「部屋《へや》をタダで貸《か》してるんですか？」

マリーさんが、振《ふ》りあおぎながら、いった。

「あたりまえですわ。わたしはベートーベン先生《せんせい》のファンなのよ！」

へえ〜。ああ、そうなんだ……。

マリーさんがつづける。

「十七年前《ねんまえ》に亡《な》くなったモーツァルトさんは、たしかに天才《てんさい》だったかもしれませんけど、わたしはモーツァルトさんより、努力家《どりょくか》のベートーベン先生《せんせい》のほうが好《す》き。だからファンなの。そんなベートーベン先生《せんせい》から家賃《やちん》など取《と》れるものですか。」

「なるほど。」

モーツァルトが天才《てんさい》で、ベートーベンさんが努力家《どりょくか》なのは、なんとなくだけど、わかるような気《き》がした。

マリーさんが右手《みぎて》の人差《ひとさ》し指《ゆび》を立《た》てて、いった。

「ただ、ひとつだけ条件《じょうけん》を出《だ》してるわ。」

香里《かおり》クイズ

Q《キュー》．マリーさんが提案《ていあん》した居候《いそうろう》の条件《じょうけん》は？

A《エー》　毎週《まいしゅう》火曜日《かようび》午後《ごご》に食事会《しょくじかい》を開《ひら》く。

B《ビー》　毎週《まいしゅう》木曜日《もくようび》午後《ごご》に音楽会《おんがくかい》を開《ひら》く。

C《シー》　毎週《まいしゅう》土曜日《どようび》午後《ごご》に演芸会《えんげいかい》を開《ひら》く。

「なんですか？」

わたしがきくと、マリーさんがいった。

「毎週木曜日《まいしゅうもくようび》の午後《ごご》に、この家《いえ》で音楽会《おんがくかい》を開《ひら》くこと。」

ベートーベンさんが、マリーさんに頭《あたま》を下《さ》げる。

「ほんとうに助《たす》かっています。ありがとうございます。ただ……。」

ベートーベンさん、ほったらかされている男《おとこ》の子《こ》のほうを見《み》た。

「なぜ、また、ヨーゼフを連《つ》れてきたのです？　わたしは、いちど断《ことわ》ったはずです。弟子《でし》はとらないと。」

「でも、弟子《でし》をとったことがないわけではないでしょ？」

「うむ……。」

「最近《さいきん》までいた弟子《でし》が兵役《へいえき》に行《い》ってしまったと、ベートーベン先生《せんせい》、おっしゃっていたではありませんか。」

「そんなこと、いいましたかね。」

「おっしゃいました。――だから、お困《こま》りだろうと思《おも》ってヨーゼフを連《つ》れてきたのです。」

「だが……。」

ベートーベンさんが、ヨーゼフくんの顔《かお》を指《ゆび》さしながら、いった。

「たしか、両親《りょうしん》に音楽《おんがく》の道《みち》を反対《はんたい》されているのではなかったか？」

ヨーゼフくんが顔《かお》を伏《ふ》せて、バツが悪《わる》そうな顔《かお》になる。

わたしは、マリーさんにきいた。

「ヨーゼフくんとマリーさんの関係《かんけい》は、なんなのですか？」

「いま、わたしがいっしょに住《す》んでいる作曲家《さっきょくか》の遠《とお》い親戚《しんせき》の子《こ》。」

わたしは、ベートーベンさんの部屋《へや》を見《み》まわしながら、きいた。

「マリーさんは……お仕事《しごと》っていうか……立場《たちば》っていうか……。」

「貴族《きぞく》よ。」

拓《たく》っくんと亮平《りょうへい》くんが「すげえ。」とつぶやくのが聞《き》こえた。

マリーさんがつづける。

「いま、いっしょに暮《く》らしている人《ひと》の遠《とお》い親戚《しんせき》は、王宮《おうきゅう》を建《た》てるほどの建築家《けんちくか》の家柄《いえがら》なの。両親《りょうしん》はヨーゼフに跡継《あとつ》ぎになってほしいといっているらしいの。でもヨーゼフは作曲《さっきょく》家《か》になりたいといって、わが家《や》をときどき訪《たず》ねてきていたのだけど、そこへベートーベン先生《せんせい》が引《ひ》っ越《こ》してきたものだから……。」

ベートーベンさんの弟子《でし》になりたいと思《おも》うのは当然《とうぜん》よね。

でも両親《りょうしん》に反対《はんたい》されているのね……。

親《おや》と子《こ》って、いろいろむずかしいのよね。

わたしはママにいわれたことを思《おも》い出《だ》していた。

サキさんがいつまでもお手伝《てつだ》いさんでいてくれるわけじゃないから、料理《りょうり》を覚《おぼ》えなさいっていわれてること……。

親《おや》って、子《こ》どもにいろいろ要望《ようぼう》するものなのかしら。

拓《た》っくんと亮平《りょうへい》くんのほうを見《み》ると、ふたりとも、ちょっと居心地《いごこち》の悪《わる》そうな顔《かお》をしてる。

拓《た》っくんは、お父《とう》さんに「部活《ぶかつ》やめるな。いちどはじめたことは最後《さいご》までやり通《とお》せ。」っていわれてて、亮平《りょうへい》くんは「おまえは『レストラン堀田《ほった》』の跡取《あとと》りなんだから、学校《がっこう》に行《い》く前《まえ》に仕入《しい》れを手伝《てつだ》え。」っていわれてるのだ。

親《おや》が、子《こ》どもを自分《じぶん》たちの思《おも》いどおりにさせたい気持《きも》ちも、わからないではないけど……。

わたしは、ベートーベンさん、マリーさん、ヨーゼフくんの三人《にん》に聞《き》こえるように、いった。

「いくら両親《りょうしん》が反対《はんたい》していても、本人《ほんにん》は音楽家《おんがくか》になることを強《つよ》く希望《きぼう》しているのでしょ？」

ヨーゼフくんとマリーさんが強《つよ》くうなずき、ベートーベンさんが目《め》をそらす。

香里《かおり》クイズ

Q《キュー》.次《つぎ》の作曲家《さっきょくか》のなかで、ベートーベンの師匠《ししょう》じゃなかったのは？

A《エー》 サリエリ

B《ビー》 シューベルト

C《シー》 ハイドン

ヨーゼフくんが口《くち》を開《ひら》いた。

「あのっ、ベートーベン先生《せんせい》、ひとつ、お尋《たず》ねしてもいいですか？」

わたしたちと年齢《ねんれい》は大差《たいさ》なさそうなのに、とても賢《かしこ》そうというか利発《りはつ》なかんじ。

「な、なんだ。」

ベートーベンさんのほうが、おどおどしているかんじ。

「ベートーベン先生《せんせい》が、だれかの弟子《でし》だったことはないんですか？」

「そ、それは……。」

「マリーさんに聞《き》きました。あのサリエリやハイドンの弟子《でし》だったそうじゃないですか。」

拓哉《たくや》の豆知識《まめちしき》

ベートーベンの師匠《ししょう》

サリエリ（一七五〇～一八二五）はイタリア生《う》まれの作曲家《さっきょくか》で、モーツァルトとも深《ふか》くかかわった人物《じんぶつ》。映画《えいが》『アマデウス』は、サリエリがモーツァルトを毒殺《どくさつ》したという説《せつ》が題材《だいざい》になっていたんだ。

ハイドン（一七三二〜一八〇九）はオーストリアの作曲家《さっきょくか》。「古典派《こてんは》」と呼《よ》ばれる音楽《おんがく》の基礎《きそ》を築《きず》いた、当時《とうじ》の人気作曲家《にんきさっきょくか》だったんだよ。


「うっ。」

ベートーベンさんが声《こえ》を詰《つ》まらせる。

「だが、ハイドンが楽譜《がくふ》に『ハイドンの弟子《でし》』とそえるように命《めい》じてきたときは断《ことわ》ったのだ！『あなたはわたしの師匠《ししょう》かもしれないが、あなたから学《まな》んだことはなにもない！』とな。」

「でも弟子《でし》だったことに変《か》わりはないんですよね？」

「ううっ……。」

ヨーゼフくんは、まくしたてる。

「自分《じぶん》はだれかの弟子《でし》だったのに、自分《じぶん》は弟子《でし》をとらないって、身勝手《みがって》ですよね。」

「み、身勝手《みがって》でなにが悪《わる》い。」

ベートーベンさん、ぐいっと胸《むね》を張《は》る。

「あ、開《ひら》きなおった……。」

「うるさい。」

ヨーゼフくんがベートーベンさんに近《ちか》づき、直立不動《ちょくりつふどう》の「気《き》をつけ！」の姿勢《しせい》になって、いった。

「先生《せんせい》！　弟子《でし》にしてください！」

「断《ことわ》る。」

「ぼくは、先生《せんせい》のような曲《きょく》を作《つく》りたいのです！」

「断《ことわ》る。」

そのとき亮平《りょうへい》くんがつぶやいた。

「頑固《がんこ》だなあ……。」

すぐにベートーベンさんにどなられた。

「頑固《がんこ》で、なにが悪《わる》い！」

直立不動《ちょくりつふどう》の姿勢《しせい》だったヨーゼフくんが頭《あたま》を下《さ》げる。

「先生《せんせい》のためならなんでもします！」

「ならば、いますぐ出《で》ていけ。」

「えっ……。」

ヨーゼフくんが泣《な》きそうな顔《かお》になる。

マリーさんが立《た》ちあがって、ふたりのあいだに入《はい》った。

「まあまあ、ベートーベン先生《せんせい》、そんな冷《つめ》たいことおっしゃらないでくださいな。先生《せんせい》が作曲《さっきょく》で忙《いそが》しいことは、ヨーゼフもわかっているはずです。そんなときに教《おし》えてくれなんていわないと思《おも》いますよ。そうよね、ヨーゼフ。」

「はい！」

「先生《せんせい》の身《み》のまわりのお世話《せわ》ができるだけでも幸《しあわ》せなのよね？」

「はい！　もちろんです！」

「うーぬ……。」

さらにマリーさんが追《お》い打《う》ちをかけるように、いった。

「もしベートーベン先生《せんせい》がヨーゼフを弟子《でし》にしてあげなかったら……。」

マリーさんは、そこでいちど言葉《ことば》を切《き》ってからいった。

「……この家《いえ》の屋根《やね》から飛《と》び降《お》りて死《し》ぬなんて、いいかねませんわよ。」

「まさか……。」

ベートーベンさんが首《くび》を横《よこ》に振《ふ》る。

「この家《いえ》の屋根《やね》から飛《と》び降《お》りたくらいじゃ死《し》なないでしょ……。」

ベートーベンさんがいいおわらないうちに、マリーさんがいった。

「とにかく、ヨーゼフを置《お》いていきますので、なんでも用事《ようじ》をいいつけてやってくださいな。」

マリーさんがいいおわったところで、わたしも一歩前《ぽまえ》に出《で》て、ベートーベンさんにいった。

「わたしたち三人《にん》にも、なんでもいいつけてください。わたしたち、なんでもしますから。」

わたし、拓《た》っくん、亮平《りょうへい》くん、そしてマリーさんとヨーゼフくんの視線《しせん》を浴《あ》びていた
ベートーベンさんが、いきなり両手《りょうて》をあげて、声《こえ》をはりあげた。

「うわーっ！　わかった！　わかった！」

「やったー！」

ヨーゼフくんが万歳《ばんざい》！

わたしたち三人《にん》も万歳《ばんざい》！

マリーさんが手《て》をたたいて、いう。

「ヨーゼフは作曲家《さっきょくか》になるのが希望《きぼう》なのですから、いろんな用事《ようじ》をいいつけるだけでなく、ピアノも、ちゃんと教《おし》えてあげてくださいね。」

「…………」

ベートーベンさんは無言《むごん》。

「教《おし》えてあげてくださいね！」

「わかりました……。」

ベートーベンさん、マリーさんには、ほんとうに頭《あたま》があがらないみたい。

ベートーベンさん、肩《かた》をがっくり落《お》とし、そっぽを向《む》きながら、いう。

「ただし！」

ベートーベンさんは、そこで言葉《ことば》を切《き》った。

「ヨーゼフは、弟子候補《でしこうほ》！　しばらくは試用期間《しようきかん》！　正式《せいしき》に弟子《でし》にするかどうかは、ヨーゼフの音楽《おんがく》の才能《さいのう》を見《み》て、判断《はんだん》する。」

マリーさんがいう。

「いまのベートーベン先生《せんせい》は、うるさい弟子《でし》のひとりやふたりいるくらいのほうが、気《き》がまぎれていいんじゃありません？」

ベートーベンさん、さらに、そっぽを向《む》く。

「いまのベートーベン先生《せんせい》」とか「気《き》がまぎれて」とか、どういうことなのだろう。

わたしは、ベートーベンさんとマリーさんの両方《りょうほう》にきいた。

「どういうことなんです？」

でも、ふたりとも答《こた》えてくれず、少《すこ》しのあいだ、沈黙《ちんもく》が流《なが》れた。

その沈黙《ちんもく》をやぶるように、マリーさんがパンパンと手《て》をたたく。

「じゃあ、ベートーベン先生《せんせい》、ヨーゼフを置《お》いていきますね。」

まわれ右《みぎ》をしたマリーさんに、わたしは提案《ていあん》した。

「ちょっと待《ま》ってください。ベートーベンさんは、さっきから、作曲《さっきょく》している途中《とちゅう》の楽譜《がくふ》を捜《さが》しているんです。みなさんもいっしょに捜《さが》しませんか？」

マリーさんの動《うご》きが止《と》まって、ベートーベンさんのほうを振《ふ》り返《かえ》る。

「ベートーベン先生《せんせい》、書物《しょもつ》や楽譜《がくふ》は奥《おく》の部屋《へや》にまとめて置《お》いてあるって、おっしゃっていませんでした？」

ベートーベンさんが、あげていた手《て》を振《ふ》りまわしながらいった。

「それは、いまは読《よ》まない書物《しょもつ》、書《か》きおわった楽譜《がくふ》のことです。なくなった楽譜《がくふ》は……まさに！　いま！　作曲《さっきょく》している楽譜《がくふ》なのです！」

マリーさんが冷静《れいせい》な口調《くちょう》でいった。

「ちゃんと捜《さが》したのですか？」

「捜《さが》しましたよ！」

ベートーベンさん、たぶん十歳近《さいちか》く年下《としした》のマリーさんに向《む》かって、まるで息子《むすこ》が母親《ははおや》に抵抗《ていこう》するようにいった。

「そのうちに、というか、忘《わす》れたころに出《で》てくるのではないですか？」

「だ、だ、ダメです！　いま、見《み》つけたいんです！」

ベートーベンさん、首《くび》を横《よこ》に振《ふ》る。

わたしは、部屋《へや》のなかにいる全員《ぜんいん》に声《こえ》をかけた。

「みんなで手分《てわ》けして捜《さが》しましょう！　ついでに掃除《そうじ》もしちゃいましょう！」

「よし、やろう！」

拓《た》っくんがこぶしをあげると、亮平《りょうへい》くんがベートーベンさんのほうを見《み》ながらいった。

「ベートーベンさん、怒《おこ》ってるよ。」

ベートーベンさん、顔《かお》を真《ま》っ赤《か》にしている。

「こ、ここは、わ、わ、わたしの部屋《へや》だ！　勝手《かって》に掃除《そうじ》をするなーっ！　掃除《そうじ》をするんじゃなーい！」

わたしはベートーベンさんにいった。

「ベートーベンさん、すぐに手《て》を洗《あら》いたくなるくらいきれい好《ず》きなんですよね？」

「う……。」

「わたしたちの靴底《くつぞこ》のよごれを気《き》にするほどきれい好《ず》きなんですよね？」

「うう……。」

「だったら、お部屋《へや》もきれいなほうがいいじゃないですか。」

ベートーベンさん、首《くび》を横《よこ》に振《ふ》りながら、さけぶ。

「それはそれ！　これはこれ！」

「矛盾《むじゅん》してません？」

「ワン！」

わたしの足下《あしもと》にもどってきていたタイムも「そうだよ！」とほえる。

ベートーベンさんが、いらいらしながら大声《おおごえ》でいう。

「作曲《さっきょく》しているときは、少《すこ》し散《ち》らかっているくらいのほうが落《お》ち着《つ》くのだ。と、とにかく、掃除《そうじ》をせんでくれ！」

わたしは、ベートーベンさんにいった。

「ほんとうは、きれい好《ず》きなくせに。」

「うるさい！」

「潔癖性《けっぺきしょう》なくせに。」

「うるさいわい！」

マリーさんが「はいはい！」といいながら手《て》をたたいた。

「捜《さが》すのは、いますぐでなくてもよろしいでしょ。どうです？　ヨーゼフも……この子《こ》たちもいることだし……。」

そこまでいったとき、亮平《りょうへい》くんのおなかが鳴《な》った。

「グ～。」

ベートーベンさん、髪《かみ》の毛《け》をかきむしりながらいった。

「ああ！　なんだ、この音《おと》は！　いま作《つく》っている曲《きょく》に刺激《しげき》を与《あた》える音《おと》は、欲《ほ》しい音《おと》は、これじゃない！　こんな音《おと》じゃないんだ！」

マリーさんが、ベートーベンさんの顔《かお》をのぞきこみながらいう。

「ベートーベン先生《せんせい》？　みんなで、ごはんでも食《た》べませんこと？」

5 音楽家《おんがくか》の大好物《だいこうぶつ》

「わーい！　ごはんだ、ごはんだ！」

亮平《りょうへい》くんが万歳《ばんざい》しながら、さけぶ。

「うるさいやつだなあ。」

「みんなに失礼《しつれい》よ。」

拓《た》っくんにつづいて、わたしも注意《ちゅうい》したけど、ふたりも、おなかが鳴《な》ってしまった。

さらにヨーゼフくんのおなかも鳴《な》った。

マリーさんがゆかいそうに笑《わら》う。

「あらあら！　みんな、おなかがすいているのね。――ほらほら、みんな、ダイニングに行《い》くわよ！」

それでもまだいらだちを隠《かく》さないまま突《つ》っ立《た》っているベートーベンさんに、マリーさんが声《こえ》をかける。

「ベートーベン先生《せんせい》、こんなときは、なにかちがうことをして気《き》をまぎらすにかぎりますわ。とくに食事《しょくじ》がいちばん。あたたかいものを食《た》べれば、少《すこ》しは気持《きも》ちが落《お》ち着《つ》くでしょうからね。そうじゃありませんこと？」

ベートーベンさんが小《ちい》さくうなずく。

「そ、そうですね。わかりました。」

やっぱりベートーベンさん、マリーさんに頭《あたま》があがらない。

マリーさんを先頭《せんとう》に、ベートーベンさん、ヨーゼフくん、わたしと足下《あしもと》のタイム、拓《た》っくん、亮平《りょうへい》くんの順番《じゅんばん》で歩《ある》きはじめた。

ベートーベンさんの部屋《へや》から、廊下伝《ろうかづた》いに歩《ある》き、母屋《おもや》っていうのかな、マリーさんの家《か》族《ぞく》が住《す》むエリアのダイニングに向《む》かう。

途中《とちゅう》で、ベートーベンさんだけ、ちがう方角《ほうがく》へ歩《ある》きはじめた。

あわててヨーゼフくんが追《お》いかけていく。

「先生《せんせい》、どちらへ？」

「食事前《しょくじまえ》だから手《て》を洗《あら》いに行《い》くのだ！」

「お供《とも》します！」

「ついてこんでいい！」

「でも、ぼくは先生《せんせい》についていきたいんです！」

ヨーゼフくん、まるでベートーベンさんのストーカー。

マリーさんが、わたしたちに声《こえ》をかけてくる。

「先《さき》に行《い》ってましょ。」

「はーい。」

わたしたちは、まるで先生《せんせい》に引率《いんそつ》される生徒《せいと》のように返事《へんじ》をした。

ダイニングに入《はい》った。

全体《ぜんたい》が茶色《ちゃいろ》だった。

フローリングの床《ゆか》、板張《いたば》りの壁《かべ》。

ナポレオンさんとジョゼフィーヌさんの家《いえ》のダイニングよりも落《お》ち着《つ》いていて、シックなかんじ。

木製《もくせい》の大《おお》きなテーブルが、どーんと置《お》いてある。

背後《はいご》から、ベートーベンさんとヨーゼフくんのやりとりが聞《き》こえてきた。

――「手《て》を洗《あら》わないなら、ついてこなければよかったではないか！」

――「でも、できるだけ先生《せんせい》のそばにいたいのです！」

――「ああ、うっとうしい！」

――「うっとうしくても、そばにいます！」

――「どうしてだ！」

――「だって、先生《せんせい》、ときどき、さみしそうな顔《かお》をされるので。」

わたしだけじゃなく、ヨーゼフくんも、ベートーベンさんがさみしそうにしているのをかんじていたのだ。

――「そ、それが、うっとうしいというのだ！」

ベートーベンさんとヨーゼフくんがもどってきたところで、マリーさんがいった。

「さあ、みなさん、お好《す》きなところにすわってくださいな。」

マリーさんが、ひとりひとりの顔《かお》を見《み》てから席《せき》のあたりに視線《しせん》を移《うつ》す。

片側《かたがわ》の正面中央《しょうめんちゅうおう》のマリーさん、マリーさんの右側《みぎがわ》にベートーベンさん、左側《ひだりがわ》にヨーゼフくん。

マリーさんの正面《しょうめん》にわたし。わたしの右側《みぎがわ》に拓《た》っくん、左側《ひだりがわ》に亮平《りょうへい》くん。

そして、わたしの足下《あしもと》にタイムが、ちょこんとすわっている。

亮平《りょうへい》くんが、わたしと拓《た》っくんにこっそりいった。

「なにが出《で》てくるのかな。」

拓《た》っくんが、わたしごしに亮平《りょうへい》くんに声《こえ》をかける。

「ほんと、おまえ、食《た》べることばっかり考《かんが》えてるよな。」

「あたりまえじゃん。」

「さすが『堀田食堂《ほったしょくどう》』の二代目《だいめ》!」

「おれんちは『レストラン堀田《ほった》』！」

——「なにが出《で》てくるのかな。」

ん？　また亮平《りょうへい》くん、いった？　と思《おも》ったら、ちがっていた。

亮平《りょうへい》くんの正面《しょうめん》にすわっているベートーベンさんが、マリーさんにいったらしい。

マリーさんが笑《わら》いながら、いう。

「ベートーベン先生《せんせい》は、食《た》べ物《もの》にうるさいですものね。」

わたしは、ベートーベンさんにきいた。

「ベートーベンさんって、グルメなんですか？」

「グルメなんですか？」ってきき方《かた》をしてだいじょうぶかなと思《おも》ったけど、ちゃんと通《つう》じていた。

「わたしの母方《ははかた》の祖父《そふ》が宮廷料理長《きゅうていりょうりちょう》だったし、ウィーンに来《き》てからは、貴族《きぞく》たちとの食事《しょくじ》の機会《きかい》も多《おお》かったので、すっかり舌《した》が肥《こ》えてしまったらしい。だが、いつも、そんなものばかり食《た》べているわけではないし、ぜいたくな料理《りょうり》が好物《こうぶつ》というわけでもない。」

「どういうことです？」

キ

「毎日《まいにち》食《た》べても飽《あ》きないものが、いちばんのごちそう、ということだ。」

「なるほど。」

となりで、拓《た》っくんはよくわからないという顔《かお》をしているけど、亮平《りょうへい》くんはしっかりうなずいている。

「わかる、わかる。」

マリーさんも、うなずいていった。

「ですから、今日《きょう》の料理《りょうり》は、ベートーベン先生《せんせい》が毎日《まいにち》食《た》べて飽《あ》きないだろう、フリターテンズッペです。」

ベートーベンさんが満面《まんめん》の笑《え》みになる。

「マリーさんの家《いえ》のフリターテンズッペはとてもおいしい。ほんとうに毎日《まいにち》食《た》べられる料理《りょうり》です。」

「よかったですわ。いま、お手伝《てつだ》いさんが持《も》ってまいりますから、もうちょっとお待《ま》ちくださいましね。――それから、ベートーベン先生《せんせい》が好《す》きなつけあわせは、いまはがまんしてくださいね。」

香里《かおり》クイズ

Q《キュー》.ベートーベンが好《す》きな、料理《りょうり》のつけあわせは？

A《エー》　ジャガイモ
B《ビー》　サツマイモ
C《シー》　サトイモ

「ああ、つけあわせのジャガイモは美味《びみ》ですからね。」

おとなしく待《ま》っていると、お手伝《てつだ》いさんが食事《しょくじ》を運《はこ》んできてくれた。

まず、タイムのために野菜《やさい》スープを持《も》ってきてくれた。湯気《ゆげ》は立《た》っていないから、タイムも安心《あんしん》して飲《の》める。

「よかったね、タイム。」

「ワン！」

尻尾《しっぽ》をぶんぶんさせたタイムが、わたしの顔《かお》を見《み》あげる。

「ちょっと、待《ま》っててね。」

すぐに、わたしたちの前《まえ》にも食事《しょくじ》が運《はこ》ばれてきた。

一品料理《いっぴんりょうり》だ。受《う》け皿《ざら》にスプーンが一本《ぽん》ついている。

白《しろ》い陶器製《とうきせい》のスープボウルからは湯気《ゆげ》が立《た》っている。

麵《めん》のような具《ぐ》が入《はい》ったコンソメっぽい色《いろ》のスープ。オニオンスープほど色《いろ》は濃《こ》くない。

わたしの右《みぎ》どなりの拓《た》っくんがいう。

「ラーメン？」

すぐさま、わたしの左《ひだり》どなりの亮平《りょうへい》くんが否定《ひてい》する。

「ラーメンじゃないよ。さっきマリーさん、料理名《りょうりめい》をいったじゃん。なんだっけ？　フリーマーケットじゃない……フリーターずーずー弁《べん》じゃない……。」

マリーさんがいう。

「フリターテンズッペ。あなたたち、知《し》らないの？」

「あ、いや、その……。」

わたしは口《くち》ごもった。

マリーさんがつづける。

「オーストリアの代表的《だいひょうてき》な家庭料理《かていりょうり》よ。あなたたち、ほんとうに、近所《きんじょ》の子《こ》？」

マリーさんが、じろりと見《み》てくる。

わたしは、思《おも》わず目《め》を伏《ふ》せた。

「ま、いいわ。——冷《さ》めないうちに食《た》べなさい。」

「はい！」

わたしたちは元気《げんき》よく返事《へんじ》をして、スプーンを手《て》に取《と》った。

「いただきまーす！」

わたしは、足下《あしもと》のタイムにいった。

「食《た》べていいよ。」

「ワン！」

亮平《りょうへい》の料理教室《りょうりきょうしつ》

フリターテンズッペの作《つく》り方《かた》

1、小麦粉《こむぎこ》とひとつまみの塩《しお》をボウルに入《い》れます。

2、ボウルに、卵《たまご》、牛乳《ぎゅうにゅう》、水《みず》を入《い》れ、ゆっくり、なめらかに、かきまぜます。このあとハンドミキサーなどを使《つか》ってもいいでしょう。

3、ボウルのなかの生地《きじ》を30分《ぷん》寝《ね》かせます。

4、フライパンに油《あぶら》をひきます。

5、お玉《たま》で生地《きじ》をすくってフライパンですばやく軽《かる》く、黄金色《こがねいろ》になるまで焼《や》きます。

6、裏返《うらがえ》して、両面焼《りょうめんや》きます。
クレープのようなものができると思《おも》ってください。
7、生地《きじ》がなくなるまで、5・6の作業《さぎょう》をくり返《かえ》します。
8、クレープを細《ほそ》く麺状《めんじょう》に切《き》ります。
9、あらかじめ鍋《なべ》に作《つく》っておいた熱々《あつあつ》の牛肉《ぎゅうにく》スープに麺状《めんじょう》にした生地《きじ》を浮《う》かせます。
10、お好《この》みで、パセリやあさつきを浮《う》かべます。

麺《めん》のようなクレープに牛肉《ぎゅうにく》スープが染《し》みこんでいて、とってもあたたまる。

シンプルな料理《りょうり》なんだけど、とってもおいしい。

これなら、マリーさんやベートーベンさんがいうように、毎日《まいにち》食《た》べても飽《あ》きないにちがいない。

ただ、麺《めん》っぽい具《ぐ》なので、スプーンだけだと、ちょっと食《た》べにくい。

わたしがそう思《おも》っていると、右《みぎ》どなりの拓《た》っくんがいった。

「先割《さきわ》れスプーンあったらなあ。」

「わたしもそう思《おも》ってた。」

小学校《しょうがっこう》の給食《きゅうしょく》で使《つか》ったことがある先割《さきわ》れスプーンは、刺《さ》せるし、ひっかけることができるし、すくえるし……あれ、便利《べんり》だったわ。いまは先割《さきわ》れスプーンを使《つか》わないところも多《おお》いみたいだけど。

すると左《ひだり》どなりの亮平《りょうへい》くんがいった。

「いらないよ、ほら。」

見《み》ると、亮平《りょうへい》くんがスープボウルを両手《りょうて》で持《も》って、大口《おおぐち》を開《あ》けて、ひと口《くち》、ぐびっ。

でも、すぐに置《お》いた。

「こんなおいしいの、ちゃんと味《あじ》わわないと、もったいないよ。」

さすがは「レストラン堀田《ほった》」の跡取《あとと》り息子《むすこ》ね。

一見《いっけん》、雑《ざつ》そうだけど、亮平《りょうへい》くんは、とてもていねいに料理《りょうり》を味《あじ》わいながら、独《ひと》り言《ごと》をつぶやきつづけている。

――「麵《めん》のゆで具合《ぐあい》、最高《さいこう》だよ。」

――「スープ、シンプルだけど、味《あじ》が深《ふか》いなあ。」

そんな亮平《りょうへい》くんを見《み》て、料理《りょうり》を提供《ていきょう》してくれたマリーさんが、うれしそうな顔《かお》をしている。

そのマリーさんの左《ひだり》どなりにいるヨーゼフくんは、ふつうの顔《かお》をして、ふつうに食《た》べている。マリーさんの親戚《しんせき》っていっていたから、幼《おさな》いころから食《た》べ慣《な》れている味《あじ》なのだろう。

マリーさんが、わたしにきいてくる。

「香里《かおり》、あなた、料理《りょうり》はするの？」

両《りょう》どなりの拓《たく》っくんと亮平《りょうへい》くんが食《た》べているものをふき出《だ》しそうになる。

マリーさんが不思議《ふしぎ》そうな顔《かお》できく。

「なに？」

「わたし、料理《りょうり》、下手《へた》みたいで。母親《ははおや》から『ちゃんと習《なら》いなさい。』っていわれているんです。」

「貴族《きぞく》の生《う》まれじゃないのね？」

「どうしてわかるんですか？」

「貴族《きぞく》の生《う》まれなら、料理《りょうり》は料理人《りょうりにん》が作《つく》るものだから、自分《じぶん》で料理《りょうり》をしようなどと思《おも》わないわ。」

「じゃあ、わたしは、やっぱり習《なら》わないといけないのかな……。」

親《おや》の……ママのいうことは頭《あたま》では理解《りかい》できても、心《こころ》のなかでは抵抗《ていこう》してた。でも、そうよね。料理《りょうり》できないより、できたほうがいいんだよね。

勉強《べんきょう》も、運動《うんどう》も得意《とくい》だけど、料理《りょうり》は苦手《にがて》だった。料理《りょうり》を覚《おぼ》える運命《うんめい》とか、むずかしく考《かんが》えることはないのかもしれない。

あのさ、料理《りょうり》もできたら、わたし、最強《さいきょう》じゃない？　ちゃんとできたら、だけど。

よし、二十一世紀《せいき》にもどったら、サキさんに料理《りょうり》を教《おし》えてもらおう！

マリーさんは、わたしではなく、拓《た》っくんのほうを見《み》て、いった。

「拓哉《たくや》も料理《りょうり》をしないみたいね。」

「したことありません。」

「でしょうね。でも好《す》きなことには、一生懸命《いっしょうけんめい》に打《う》ちこむようなタイプに見《み》えるわ。」

マリーさん、すごい。

小学校《しょうがっこう》のころから、拓《た》っくんは勉強《べんきょう》はイマイチだけどスポーツは万能《ばんのう》。はじめてのスポーツでも集中《しゅうちゅう》してやって、すぐうまくなる。映画《えいが》もそう。とことん熱中《ねっちゅう》する。

たぶん中学校《ちゅうがっこう》のテニス部《ぶ》でも、覚《おぼ》えたばかりかもしれないけど、きっとじょうずにちがいない。

でも拓《た》っくん、苦笑《にがわら》いする。

「最近《さいきん》は、そうでもありませんけどね。」

「そうなの？　そうは見《み》えないけど。それとも、なにか悩《なや》みでもあるのかしらね。」

「う……。」

「ま、好《す》きなことに打《う》ちこんでいるのなら、その悩《なや》みは大《おお》きなものじゃないわよ、きっと。」

「うう……。」

拓《た》っくん、考《かんが》えこむ顔《かお》つきになる。

マリーさんは、こんどは亮平《りょうへい》くんのほうを見《み》て、いった。

「亮平《りょうへい》は、料理《りょうり》を作《つく》るようね？」

マリーさん、やっぱりすごい。人《ひと》を見《み》る目《め》がある……。

「う、うん。——は、はい。父親《ちちおや》が料理人《りょうりにん》だから、跡《あと》を継《つ》ぐんです。」

「イヤじゃないの？」

「イヤじゃないです。料理《りょうり》は好《す》きだから。」

そして小声《こごえ》で「仕入《しい》れはイヤだけど。」とつけ加《くわ》えた。

するとヨーゼフくんがつぶやいた。

「イヤじゃないのか。いいな。」

マリーさんが、ヨーゼフくんをなぐさめる。

「まあまあ。ベートーベン先生《せんせい》が弟子《でし》入《い》りを許《ゆる》してくれたじゃないの。」

「おいしい。」っていいながら食《た》べていたベートーベンさんが手《て》を止《と》め、顔《かお》をあげる。

「まだ正式《せいしき》に許《ゆる》したわけではありませんけどね。」

そして、また、ふっと、さみしそうな顔《かお》つきになる。

わたしが見《み》ているのに気《き》づいたベートーベンさんが、視線《しせん》をすっとそらしてから、マリーさんにいった。

「ハンガリー産《さん》のトカイワインがあるとなあ。」

亮平《りょうへい》の豆知識《まめちしき》

トカイワイン

ハンガリーのトカイという場所《ばしょ》でつくられるワインのこと。発生《はっせい》する霧《きり》の湿気《しっけ》で、水分《すいぶん》を外《そと》に出《だ》す菌《きん》がブドウに付着《ふちゃく》することで、皮《かわ》のなかの糖分《とうぶん》が濃《こ》くなるんだよ。

「あまいので有名《ゆうめい》なワインですわね。でも目《め》の前《まえ》に子《こ》どもたちがいるのですから、遠慮《えんりょ》してくださいね。」

「ああ、そうでしたね。わかりました。」

「素直《すなお》なこと。」

「いつもですよ。」

ベートーベンさんが苦笑《にがわら》いする。

「あら、そうかしら。——そのかわり、食後《しょくご》にコーヒーでもいれますわ。」

ほんの少《すこ》しの間《ま》のあとで、ベートーベンさんがいった。

「コーヒーなら……。」

「あっ、ベートーベン先生《せんせい》はコーヒーは自分《じぶん》でいれたいんでしたね。では、おまかせいたしますわ。」

食事《しょくじ》のあと、お手伝《てつだ》いさんは、みんなの前《まえ》にある皿《さら》とスプーンをさげてくれながら、いった。

「コーヒーを飲《の》まれるのは……。」

ベートーベンさん以外《いがい》は、すぐに首《くび》を横《よこ》に振《ふ》った。

拓《た》っくんもわたしも亮平《りょうへい》くんも、ふだんからコーヒーを飲《の》む習慣《しゅうかん》はない。ミルクと砂糖《さとう》を入《い》れたら飲《の》めなくはないけど、ブラックは苦《にが》いと思《おも》う。

でも売《う》れっ子《こ》ミステリー作家《さっか》の鮎川里紗《あゆかわりさ》でもあるママは、仕事《しごと》してるときはブラックコーヒーをがぶがぶ飲《の》んでる。おとなになったら、ブラックをおいしく思《おも》えるようになるのかな。

「コーヒーか紅茶《こうちゃ》かどちらか選《えら》べ。」といわれたら、迷《まよ》わず紅茶《こうちゃ》を選《えら》ぶ。そしてミルクティーで飲《の》むと思《おも》う。

お手伝《てつだ》いさんが何度《なんど》かに分《わ》けて、コーヒーをいれる道具《どうぐ》、豆《まめ》の入《はい》った麻袋《あさぶくろ》、お湯《ゆ》の入《はい》っているらしいポット、コーヒーカップとソーサーを運《はこ》んできた。

お手伝《てつだ》いさんが、ちょっとイヤな顔《かお》をしながらいう。

「ベートーベン先生《せんせい》、よく、あんな泥水《どろみず》みたいなものを飲《の》めますわね。」

「おいしいですよ。飲《の》まずぎらいじゃないですか。」

「イヤですわ。」

「ははは。」

豆《まめ》の入《はい》った麻袋《あさぶくろ》の口《くち》を開《ひら》いたベートーベンさんは、コーヒー豆《まめ》をつまみあげる。

「ひとつ……ふたつ……。」

一粒一粒《ひとつぶひとつぶ》数《かぞ》えながらテーブルの上《うえ》に並《なら》べはじめた。

「なにやってんだ？」

拓《た》っくんがつぶやくと、亮平《りょうへい》くんがいう。

「たぶん、ひとりぶんの豆《まめ》を数《かぞ》えているんだと思《おも》う。」

ベートーベンさんは、つまんだ豆《まめ》を横《よこ》に十個並《こなら》べると、十一個目《こめ》を次《つぎ》の段《だん》に置《お》き、きれいに並《なら》べはじめた。

横《よこ》に十個《こ》一段《だん》……二段《だん》……三段《だん》……。

マリーさんとヨーゼフくんはコーヒーを飲《の》まないのか、「またか。」ってかんじで、見《み》ていない。

でも、拓《た》っくん、亮平《りょうへい》くん、わたしは、ベートーベンさんの動《うご》きをじっと見守《みまも》った。

……四段《だん》……五段《だん》……六段《だん》。

十個《こ》×六段《だん》＝六十個《こ》。

ちょうど六十個《こ》になったところで、ベートーベンさんの動《うご》きが止《と》まった。

へえ、きっちり六十個《こ》って決《き》めてるんだ。

こんなところは几帳面《きちょうめん》なのね。

コーヒー豆《まめ》の入《はい》っている麻袋《あさぶくろ》の口《くち》をひもで締《し》めると、コーヒーミルを引《ひ》き寄《よ》せた。豆《まめ》をひく道具《どうぐ》だ。

ミルに豆《まめ》を入《い》れて、ハンドルをまわしはじめた。

ゴリゴリ……。

豆《まめ》をひきおわったところで、コーヒーをいれる道具《どうぐ》を引《ひ》き寄《よ》せた。

ベートーベン流《りゅう》おいしいコーヒーのいれかた

亮平《りょうへい》の豆知識《まめちしき》

コーヒーをいれる道具《どうぐ》

いまではペーパーフィルター、フィルターをセットするドリッパー、コーヒー液《えき》を受《う》けるサーバーを使《つか》ったドリップ式《しき》が一般的《いっぱんてき》。その元祖《がんそ》となる道具《どうぐ》は、一八〇〇年《ねん》ごろにフランスのドゥ・ベロワという人《ひと》が作《つく》ったんだ。

亮平《りょうへい》くんが、ベートーベンさんにきく。

「その道具《どうぐ》は？」

「一八〇〇年《ねん》ごろにフランスで発明《はつめい》されたドリップポットだよ。」

ポットが二段《だん》になってるかんじ。

注《そそ》ぎ口《ぐち》がついたポットの上《うえ》に、注《そそ》ぎ口《ぐち》のないポットがのってるかんじ。

上《うえ》のポットのフタを開《あ》けると、ミルから取《と》り出《だ》した、ひかれた豆《まめ》を入《い》れた。

そして、お手伝《てつだ》いさんが持《も》ってきたポットから湯《ゆ》を注《そそ》ぎはじめた。

二十一世紀《せいき》のドリップ式《しき》の元祖《がんそ》みたいなかんじ。まだ取《と》りはずし式《しき》の金属《きんぞく》、ネル、ペーパーのフィルターは発明《はつめい》されていないのだろう。

湯《ゆ》を注《そそ》ぐにつれて、コーヒーの香《かお》りがダイニングじゅうに広《ひろ》がり、すぐに下《した》のポットにコーヒー液《えき》が落《お》ちる音《おと》がしはじめた。

すべてドリップされたところで、ポットにたまったコーヒー液《えき》をカップに注《そそ》ぎ、ベートーベンさんは飲《の》みはじめた。

そして、ひと口《くち》飲《の》むと、一瞬《いっしゅん》だけうれしそうな表情《ひょうじょう》を浮《う》かべた。

マリーさんが声《こえ》をかける。

「ベートーベン先生《せんせい》、身体《からだ》、あたたまりました？」

「おかげさまで。」

「少《すこ》しは落《お》ち着《つ》かれたようで、よかったですわ。」

でもベートーベンさん、すぐに顔色《かおいろ》をくもらせて、いった。

「楽譜《がくふ》は、どこに行《い》ったんだ……。」

マリーさんが「ああ、ダメだったか。」ってかんじで、首《くび》を小《ちい》さく横《よこ》に振《ふ》る。

コーヒーを飲《の》みおえたベートーベンさんが、立《た》ちあがる。

「ちょっと、みんな、また、わたしの部屋《へや》に集《あつ》まってくれ。」

❻ だれが楽譜《がくふ》を盗《ぬす》んだ？

わたしたちは、母屋《おもや》のダイニングから廊下《ろうか》を伝《つた》って、またベートーベンさんの部屋《へや》にもどった。

ベートーベンさんは、床《ゆか》に散《ち》らばっているものを蹴散《けち》らしながら部屋《へや》のなかに入《はい》ると、ピアノを背《せ》に振《ふ》り返《かえ》った。

「わたしが、さんざん捜《さが》して楽譜《がくふ》が見《み》つからなかったんだ。ということは……。」

ベートーベンさんは、そこで言葉《ことば》をいちど切《き》ると、わたし、拓《た》っくん、亮平《りょうへい》くんの三人《にん》を順々《じゅんじゅん》に指《ゆび》さした。

「……やはり、おまえたちが盗《ぬす》んだんじゃないか！　わたしの楽譜《がくふ》をどこへやった！　おまえたちの身体《からだ》を探《さぐ》らせてもらう！」

拓《た》っくんと亮平《りょうへい》くんが、わたしの前《まえ》に立《た》ちふさがった。

「おれたちはいいけど、香里《かおり》ちゃんにはさわるな！」

拓《た》っくんにつづいて、亮平《りょうへい》くんもいう。

「ぼくならいいよ。――ほら、さわってよ。ほら、ほら。」

ベートーベンさんは、亮平《りょうへい》くんの迫力《はくりょく》に押《お》されて、あとずさる。

「ぼくの身体《からだ》もさわってくれていいよ。」

拓《た》っくんも前《まえ》に出《で》る。

わたしは、ふたりにつづいて前《まえ》に出《で》ながら、いった。

「わたしたちの身体《からだ》に楽譜《がくふ》の束《たば》を隠《かく》せないって、さっきマリーさんの前《まえ》で理解《りかい》してくださったはずです。」

ベートーベンさんがピアノに背中《せなか》をつけ、両手《りょうて》をあげながら、いった。

「そうだったな……。」

「泥棒《どろぼう》が入《はい》ったんじゃないんですか？」

「わたしはずっとピアノのところにいた。ピアノから離《はな》れるときは、ちゃんとドアも窓《まど》も閉《し》まっていたのを覚《おぼ》えている。ということは、内部《ないぶ》の者《もの》が盗《ぬす》んだことになるのだ。」

ベートーベンさんが、マリーさんのほうを見《み》る。

「ベートーベン先生《せんせい》、わたしのことも疑《うたが》っているのですか？」

「マリーさんがわたしの楽譜《がくふ》を盗《ぬす》んで得《とく》することは、なにもないでしょ。」

「もちろんですわ。」

「お手伝《てつだ》いさんも同様《どうよう》です。」

「ですわね。」

「マリーさんも、お手伝《てつだ》いさんも、いい人《ひと》なんですから！」

ベートーベンさんは、残《のこ》るひとり、ヨーゼフくんのほうを見《み》る。

ヨーゼフくんの目《め》が泳《およ》ぐ。

「え……えっ……。」

ヨーゼフくん、目《め》を潤《うる》ませ、半《はん》べそをかきつつ、半歩《はんぽ》、一歩《ぽ》、あとずさる。

「……えっ……ええっ……。」

ベートーベンさんが、ヨーゼフくんがあとずさった距離《きょり》だけ前《まえ》に出《で》る。

「ヨーゼフ、おまえが盗《ぬす》んだのか！」

「……ええっ……えええっ……。」

わたしはベートーベンさんにいった。

「ヨーゼフくん、わたしたちよりあとに来《き》たんですよ。盗《ぬす》む間《ま》ないですよ。」

「いや、ヨーゼフはこの家《いえ》には出入《でい》り自由《じゆう》だ。おまえたちが来《く》る前《まえ》に盗《ぬす》んだのかもしれない。」

見《み》ると、ヨーゼフくん、目《め》から涙《なみだ》をぼろぼろこぼしながら、首《くび》を横《よこ》に振《ふ》っている。

「ぼ、ぼ、ぼくは……盗《ぬす》んでません！」

「ウソをつけ！」

「ほんとうです！」

「わたしが席《せき》をはずしているあいだに部屋《へや》に入《はい》っただろ！」

「入《はい》ってません！　今日《きょう》は、さっきがはじめてです！　ほんとうです！　信《しん》じてくださ い！」

ベートーベンさんが威圧的《いあってき》にほえる。

「弟子《でし》にしてくれというのを、わたしがいちど断《ことわ》ったものだから、いやがらせに盗《ぬす》んだんだろ！」

「ぼ、ぼくが先生《せんせい》の楽譜《がくふ》を盗《ぬす》んで、どんな得《とく》があるっていうんですか！　先生《せんせい》の楽譜《がくふ》を盗《ぬす》んだらきらわれて、ますます、弟子《でし》にしてもらえなくなるじゃないですか！」

ヨーゼフくんは泣《な》きながらさけぶ。逆《ぎゃく》ギレしているようにも見《み》える。

わたしは、ヨーゼフくんの前《まえ》に立《た》って、ベートーベンさんに向《む》かって、いった。

「ヨーゼフくん、本気《ほんき》で泣《な》いてるじゃないですか！　ベートーベンさん、それでも疑《うたが》うんですか！　ひどいです！」

ヨーゼフくんは泣《な》きやもうとはしているみたい。ひっくひっくしながら声《こえ》を絞《しぼ》り出《だ》す。

「ぼ、ぼくじゃありません！　ぼくは、やってません！　神《かみ》に誓《ちか》って。」

ベートーベンさんが、わたしの肩《かた》をつかんで横《よこ》にどかして、さらにいう。

「ほんとうだな。神《かみ》に誓《ちか》うんだな。」

「はい！」

振《ふ》り向《む》くと、ヨーゼフくんは口《くち》を閉《と》じ、唇《くちびる》を真《ま》一文字《いちもんじ》に結《むす》んでいた。

二十一世紀《せいき》の日本《にっぽん》では、わたしたちは簡単《かんたん》に「神《かみ》に誓《ちか》って。」とか「神《かみ》さまのいうとおり。」とかいってるけど、マジに家《いえ》の宗教《しゅうきょう》が神道《しんとう》だったりしないかぎり、その「神《かみ》さま」は信仰《しんこう》の対象《たいしょう》じゃない。

わたしは、ヨーゼフくんに小声《こごえ》できいた。

「神《かみ》さまを信《しん》じてる？」

ヨーゼフくん、しっかりうなずいた。

さらにヨーゼフくん、こうもいった。

「父《ちち》も母《はは》も、祖父《そふ》も祖母《そぼ》も、熱心《ねっしん》なカトリックなんだ。だから、ぼくは、『ヨーゼフ』って名《な》づけられたんだ。」

香里《かおり》の豆知識《まめちしき》

ヨーゼフ

ヨーゼフくんの名前《なまえ》の由来《ゆらい》になったのは、『旧約聖書《きゅうやくせいしょ》』の「創世記《そうせいき》」に登場《とうじょう》するヘブライ人《じん》の族長《ぞくちょう》ヤコブの子《こ》ヨセフ。

また『新約聖書《しんやくせいしょ》』に登場《とうじょう》する、ナザレに住《す》むヨセフは、聖母《せいぼ》マリアの婚約者《こんやくしゃ》でのちの夫《おっと》。イエスの養父《ようふ》なの。

ちなみにヘブライ語《ご》の「ヨセフ」は、英語《えいご》とフランス語《ご》ではジョゼフ、ドイツ語《ご》ではヨーゼフ、イタリア語《ご》ではジュゼッペ、ポルトガル語《ご》ではジョゼ、スペイン語《ご》ではホセになるの。

わたしは、ベートーベンさんにいった。

「ヨーゼフくんは『神《かみ》に誓《ちか》う。』っていったんです！　だから……。」

「うむ、信《しん》じるしかあるまい。」

「じゃあ、だれも盗《ぬす》んでないってことになりませんか？」

ベートーベンさん、両手《りょうて》で頭《あたま》を抱《かか》える。

「だれも盗《ぬす》んでいないのなら……やっぱり泥棒《どろぼう》？」

つづいて、拓《た》っくんと亮平《りょうへい》くんがいう。

「やっぱりなくした？」

「ただの思《おも》いちがい？」

ベートーベンさん、髪《かみ》の毛《け》をめちゃくちゃかきむしりはじめた。

「泥棒《どろぼう》も入《はい》ってないし……！」

だんだん声《こえ》が大《おお》きくなる。

「……なくしてもないし……！」

足《あし》をあげて、床《ゆか》をばんばん踏《ふ》みつけはじめる。

「……思《おも》いちがいでもない！」

さらにベートーベンさんは、しゃがみこみ、さらに四《よ》つん這《ば》いになって、右《みぎ》のこぶしで床《ゆか》をたたきはじめた。

マリーさん、ヨーゼフくん、拓《た》っくん、亮平《りょうへい》くん、わたしの五人《にん》で、ベートーベンさんを見守《みまも》る、というか、見下《みお》ろすかんじになった。

わたしたち三人《にん》とタイムは、ベートーベンさんを囲《かこ》むようにしゃがんだ。

わたしが代表《だいひょう》して声《こえ》をかける。

「ベートーベンさん、そんな落《お》ちこまないでください。楽譜《がくふ》が消《き》えてなくなったわけじゃないんですから。きっと、見《み》つかりますよ。」

ベートーベンさん、髪《かみ》の毛《け》をはげしくかきむしりはじめる。

「うわっ……。」

「きたなっ……。」

「やめて……。」

「キャン！」

ベートーベンさんのフケが四方八方《しほうはっぽう》に飛《と》び散《ち》るので、拓《た》っくん、亮平《りょうへい》くん、わたし、タイムは、あわてて顔《かお》をそむけた。

髪《かみ》の毛《け》をかきむしったまま、ベートーベンさんが顔《かお》をあげた。

その目《め》は血走《ちばし》り、身体《からだ》が震《ふる》えている。いまにも暴《あば》れだしそうな雰囲気《ふんいき》。

「や、や、やっぱり、このなかのだれかが盗《ぬす》んだとしか思《おも》えない！」

マジですか……。

ベートーベンさん、いきなり立《た》ちあがった。

うわっ！

よけた拍子《ひょうし》に、拓《た》っくんも亮平《りょうへい》くんもわたしも、尻《しり》もちをついた。

立《た》ちあがったベートーベンさんが大声《おおごえ》でさけぶ。

「だれかがウソをついている！　だれだ！　だれなのだ！　やっぱり、おまえか！」

ベートーベンさんがヨーゼフくんに近《ちか》づくや、両手《りょうて》で胸《むな》ぐらをつかんだ。

「おまえか！　そんなにわたしの楽譜《がくふ》が欲《ほ》しかったのか！　も、もし、わたしの楽譜《がくふ》を見《み》て勉強《べんきょう》したいのなら、そういえ！　いまなら許《ゆる》す！　いまなら許《ゆる》してやる！　わたしは！　わたしは！　一日《いちにち》でも、半日《はんにち》でも、一時間《いちじかん》でも早《はや》く、あの曲《きょく》を作《つく》りおえたいのだ！　あの曲《きょく》だけじゃない！　この頭《あたま》のなかに浮《う》かぶイメージを、早《はや》く、早《はや》く、楽譜《がくふ》に起《お》こさなければならないのだ！　この耳《みみ》が、この耳《みみ》が聞《き》こえなくなってしまう前《まえ》に！　うわああ！」

ベートーベンさんの目《め》にも、ヨーゼフくんの目《め》にも、マリーさんの目《め》にも、涙《なみだ》が浮《う》かんでいる。

拓《た》っくん、亮平《りょうへい》くん、わたしは立《た》ちあがると、ヨーゼフくんからベートーベンさんを引《ひ》きはがしにかかった。

タイムが、わたしたちのまわりをぐるぐる走《はし》りながら、ほえる。

「ワン！　ワンワン！」

まるで「ケンカはやめて！」といっているようなかんじ。

拓《た》っくんと亮平《りょうへい》くんがベートーベンさんの身体《からだ》にしがみつき、わたしがベートーベンさんの腕《うで》をつかむ。

でもベートーベンさんの力《ちから》は強《つよ》くて、すぐにヨーゼフくんを放《はな》してくれそうにない。

そのときだった。

マリーさんがさけんだ。

「ごめんなさい！　わたしが盗《ぬす》んだのです！」

⑦やさしい動機《どうき》

ヨーゼフくんの胸《むな》ぐらをつかんでいたベートーベンさんの動《うご》きが止《と》まる。

口《くち》をぽかんと開《あ》けたまま、ベートーベンさんから見《み》て右側《みぎがわ》に立《た》っているマリーさんのほうに顔《かお》を向《む》ける。

マリーさんが、もういちどいう。

「わたしが、ベートーベン先生《せんせい》の楽譜《がくふ》を盗《ぬす》んだの。」

ベートーベンさん、信《しん》じられないって顔《かお》をしている。

それは、胸《むな》ぐらをつかまれているヨーゼフくんも、ベートーベンさんにしがみついている拓《た》っくん、亮平《りょうへい》くん、そして、わたしだって同《おな》じだ。

ベートーベンさんが吐《は》き出《だ》すようにいう。

「どうして、ですか……。」

そのときには、胸《むな》ぐらをつかんでいる手《て》から力《ちから》が抜《ぬ》けていたので、ヨーゼフくんがうしろにさがる。

わたしたちも、ベートーベンさんから離《はな》れた。

マリーさんがだまっているので、ベートーベンさんが重《かさ》ねて、きく。

「どうしてなのですか……。」

マリーさんは目《め》を伏《ふ》せている。

そのマリーさんの顔《かお》をじっと見《み》ていたベートーベンさんが、はっと顔《かお》をあげる。

「もしかして、わたしをウィーンから出《だ》させないためですか。」

ヨーゼフくんがきく。

「先生《せんせい》、この音楽《おんがく》の都《みやこ》、ウィーンから出《で》ていかれるのですか？」

少《すこ》し間《ま》を置《お》いてから、ベートーベンさんがいった。

「たしかに、そういう話《はなし》はある。」

「ええっ！」

ヨーゼフくんが、がくぜんとした顔《かお》になる。

「せ、先生《せんせい》、教《おし》えてください！」

「十月《がつ》の末《すえ》に、ヴェストファーレン国王《こくおう》から『宮廷楽長《きゅうていがくちょう》に就任《しゅうにん》してくれ。』との招《まね》きがあってな。」

「ヴェストファーレンって……聞《き》いたことありますけど……。」

ヨーゼフくんはそういったけど、二十一世紀《せいき》の日本《にっぽん》からやってきた、ヨーロッパの歴史《れきし》にくわしくないわたしは、まったく聞《き》いたことがなかった。

「そのヴェストファーレンって、国《くに》の名前《なまえ》ですか？」

わたしがきくと、ベートーベンさんが教《おし》えてくれた。

「昨年《さくねん》できたばかりの国《くに》だ。」

亮平《りょうへい》の豆知識《まめちしき》

ヴェストファーレン

いまのドイツの一部《いちぶ》に、一八〇七年《ねん》から一八一三年《ねん》までの短《みじか》いあいだ存在《そんざい》した国《くに》で、ナポレオンさんが皇帝《こうてい》をつとめるフランスの衛星国《えいせいこく》だったんだ。ナポレオンさんの弟《おとうと》のジェローム・ボナパルトが国王《こくおう》をつとめていたんだよ。一八一五年《ねん》以降《いこう》はプロイセン王国《おうこく》のひとつの州《しゅう》になったみたい。

さらにベートーベンさんが、マリーさんにきく。

「ヴェストファーレンに行《い》かせないために、いま、わたしが作曲《さっきょく》している楽譜《がくふ》を盗《ぬす》んだのですか！」

マリーさんは、まだだまっている。

「もし、そうなら、いくらマリーさんでも許《ゆる》せません。」

詰《つ》め寄《よ》るベートーベンさんを見《み》て、ヨーゼフくんがマリーさんの顔《かお》を見《み》る。

「マリーさん、どうして、先生《せんせい》の大事《だいじ》な楽譜《がくふ》を隠《かく》したりしたんです！」

「……………」

「ベートーベン先生《せんせい》を引《ひ》き留《と》めておくためですか！」

マリーさんが、ふっと息《いき》を吐《は》いた。

まっすぐにベートーベンさんを見《み》あげる。

「説明《せつめい》しないと、この場《ば》がおさまらないようですわね。」

こんどは、ぐっと押《お》しだまる。

ヨーゼフくんも、拓《た》っくんも亮平《りょうへい》くんもわたしも、マリーさんの次《つぎ》の言葉《ことば》を待《ま》った。

マリーさんが吐《は》き出《だ》すようにいう。

「理由《りゆう》は、ふたつあります。」

マリーさんが、とても苦《くる》しそうな顔《かお》になって、つづける。

「ベートーベン先生《せんせい》は元気《げんき》なふりしてますけど、失恋《しつれん》したばっかりでしょ？」

「えーっ！」

拓《た》っくんと亮平《りょうへい》くんとわたしは口《くち》をあんぐり。

そういえば、今日《きょう》、会《あ》ってから、ベートーベンさん、ときどき、さみしそうな顔《かお》つきになる瞬間《しゅんかん》がある。

ほんとうは、つらいのに、明《あか》るく振《ふ》る舞《ま》っていたってこと？

「ベートーベンさん、失恋《しつれん》しちゃったんですか!?」

大《おお》きな声《こえ》を出《だ》す拓《た》っくんを、わたしは制《せい》した。

「拓《た》っくん、ダメよ！」

亮平《りょうへい》くんは、なにかいいかけて、そのままだまりこんだ。止《と》めそこねたってかんじ。

ヨーゼフくんが、ベートーベンさんの前《まえ》に両手《りょうて》を広《ひろ》げて立《た》ちふさがる。

「先生《せんせい》に失礼《しつれい》なことをいうな！」

拓《た》っくんがあやまる。

「ごめん。」

ベートーベンさんが、ヨーゼフくんの肩《かた》に手《て》を置《お》いて、いった。

「ヨーゼフ、ありがとうな。――失恋《しつれん》したのは、たしかだ。」

「えっ!?」

ヨーゼフくんが絶句《ぜっく》する。

「しかし、マリーさん、どうして知《し》っているのです？」

「だれに失恋《しつれん》したのかなどはわかりません。でもベートーベン先生《せんせい》を見《み》ていれば、失恋《しつれん》したことくらい、わかります。」

「そういうものですか……。」

「ええ。女《おんな》のほうが直感《ちょっかん》が鋭《するど》いんですよ。でもくわしいところまではわかりませんから、話《はな》してくださいます？」

「わかりました。」

ベートーベンさんが説明《せつめい》してくれた。

「じつは、わたしは二度《ど》、つづけて失恋《しつれん》したのです……。」

香里《かおり》の豆知識《まめちしき》

ベートーベンの失恋《しつれん》

ベートーベンさんは、このときから七年前《ねんまえ》の一八〇一年《ねん》から翌《よく》一八〇二年《ねん》にかけて、ジュリエッタ・グイッチャルディという美少女《びしょうじょ》と恋《こい》に落《お》ちたの。

ジュリエッタさんは、ベートーベンさんの知《し》り合《あ》いの貴族《きぞく》の娘《むすめ》テレーゼ、ヨゼフィーネ姉妹《しまい》のいとこにあたるらしいのね。

ベートーベンさんとジュリエッタさんは結婚《けっこん》を前提《ぜんてい》につきあってた。でもジュリエッタさんは若《わか》い作曲家《さっきょくか》ヴェンツェル・ローベルト・ガルレンベルク伯爵《はくしゃく》と結婚《けっこん》してナポリに去《さ》ってしまうの。

これが、一度目《どめ》の失恋《しつれん》。

ベートーベンさんが次《つぎ》に恋《こい》に落《お》ちるのは、貴族《きぞく》の娘《むすめ》の妹《いもうと》のほうのヨゼフィーネなの。姉《あね》テレーゼさんのほうは知的《ちてき》で行動力《こうどうりょく》のある人《ひと》で、結婚《けっこん》など眼中《がんちゅう》になく、ベートーベンさんを尊敬《そんけい》して「神《かみ》のごときベートーベン」と呼《よ》んでいたから、恋《こい》に落《お》ちなかったというわけなのね。

いっぽう妹《いもうと》のヨゼフィーネさんは優雅《ゆうが》な人《ひと》だったらしいんだけど、三十一歳《さい》も年上《としうえ》で四十七歳《さい》のヨーゼフ・ダイム伯爵《はくしゃく》に見初《みそ》められて、母親《ははおや》の強引《ごういん》な説得《せっとく》に抵抗《ていこう》できないまま結婚《けっこん》して四人《にん》の子《こ》をもうけたらしいの。

ベートーベンさんは、ヨゼフィーネさんが伯爵《はくしゃく》に先立《さきだ》たれた一八〇四年《ねん》から一八〇七年《ねん》末《まつ》までの四年間《ねんかん》、ラブレターを送《おく》りつづけたんだって。でも、この恋《こい》も実《みの》らなかった。

これは、あとで調《しら》べたんだけど、ベートーベンさん、こんなことを書《か》いたらしいのね。

――「あなたにお会《あ》いしたとき、けっして愛情《あいじょう》をいだくまいと固《かた》く決《き》めていました。でも、あなたは、わたしの心《こころ》を征服《せいふく》してしまったのです。」

これが、二度目《どめ》の失恋《しつれん》。

「……これが二度目《どめ》の失恋《しつれん》だったんだよ。」

ベートーベンさんが深《ふか》いため息《いき》をつき、ピアノにもたれかかった。

わたしはベートーベンさんにきいた。

「どうして、ふたつの恋《こい》はうまくいかなかったんですか？」

「身分《みぶん》、階級《かいきゅう》のちがいだよ。貴族《きぞく》の男性《だんせい》と、そうじゃない女性《じょせい》の恋《こい》は認《みと》められても、貴族《きぞく》の女性《じょせい》と、そうじゃない男《おとこ》の恋《こい》は認《みと》められていないんだ。」

「そうだったんですね……。」

マリーさんがいう。

「ベートーベン先生《せんせい》、はじめて会《あ》ったときから、ずっと、ふたつの失恋《しつれん》を引《ひ》きずっていたのだと思《おも》うの。だから、せめて心穏《こころおだ》やかに過《す》ごしていられるようにと思《おも》って、この家《いえ》にお誘《さそ》いしたのよ。でもベートーベン先生《せんせい》、作曲《さっきょく》ばかりされてて……。」

ベートーベンさんが吐《は》き出《だ》すようにいう。

「作曲《さっきょく》をすることで、失恋《しつれん》を忘《わす》れようと思《おも》っていたんです。」

ずっとだまっていた拓《た》っくんがいう。

「忘《わす》れようとしているってことは、忘《わす》れていない証拠《しょうこ》だよね。」

「な〜る。」

亮平《りょうへい》くんが手《て》をたたく。

「あっ……。」

ヨーゼフくんが口《くち》を開《あ》ける。

「なに？」

わたしは、ヨーゼフくんにきいた。

「どうしたの？」

ヨーゼフくんは、わたしの問《と》いには答《こた》えず、ベートーベンさんに向《む》かっていった。

「先生《せんせい》が、ぼくのことを避《さ》けようとしているのは、ぼくの名前《なまえ》がいけないんじゃないですか？」

「…………」

ベートーベンさんはなにもいわないけど、わたしは気《き》づいた。

「あっ……。」

ヨーゼフくん。

そして失恋《しつれん》したふたり目《め》の名前《なまえ》は、ヨゼフィーネさん。

「ヨーゼフくんとヨゼフィーネさん……名前《なまえ》が似《に》てる……。」

ベートーベンさんは否定《ひてい》しない。

ヨーゼフくんが、さみしそうな、複雑《ふくざつ》な顔《かお》つきになっている。

ベートーベンさんが苦笑《にがわら》いしながら、ヨーゼフくんにあやまった。

「すまん、そうなのだ。はじめに名前《なまえ》を聞《き》いたとき、ヨーゼフがヨゼフィーネに聞《き》こえたんだよ。なにせ、ヨーゼフの女性形《じょせいけい》がヨゼフィーヌだからね。」

マリーさんが口《くち》を開《ひら》いた。

「でも……。わたしがベートーベン先生《せんせい》の楽譜《がくふ》を盗《ぬす》んで隠《かく》したいちばんの理由《りゆう》は……先生《せんせい》の身体《からだ》を思《おも》ってのことなのです。」

「わたしの身体《からだ》……なんですって？」

「ええ。失恋《しつれん》を忘《わす》れようとして作曲《さっきょく》をされる気持《きも》ちはわからなくはありません。でも、これ以上《いじょう》、作曲《さっきょく》をつづけると、先生《せんせい》、もっと難聴《なんちょう》がひどくなってしまいます！　だから先生《せんせい》に作曲《さっきょく》をしてほしくないのです！」

「しかし……。」

「このまま無理《むり》をつづけて、いま以上《いじょう》に難聴《なんちょう》がひどくなる……いいえ、まったく耳《みみ》が聞《き》こえなくなってしまったらどうするつもりなんですか！」

「マリーさん……。」

「わたし、先生《せんせい》のいちばんのファンだから、先生《せんせい》の耳《みみ》が聞《き》こえなくなってしまうのは、とても耐《た》えられないのです！」

マリーさん、ベートーベンさんの身体《からだ》を気《き》づかって、楽譜《がくふ》を盗《ぬす》んで、隠《かく》したんだ……。

マリーさんのしゃきしゃきした言動《げんどう》の背後《はいご》には、深《ふか》いやさしさがあったのね……。

でも……。

わたしは、あることに気《き》づいた。

「マリーさん？　作曲《さっきょく》をさせないために楽譜《がくふ》を盗《ぬす》んだっていいましたけど、ベートーベンさんほどの人《ひと》なら、楽譜《がくふ》がなくても作曲《さっきょく》のつづき、できるんじゃありません？」

わたしにつづいて、拓《た》っくん、亮平《りょうへい》くん、ヨーゼフくん、マリーさんも、ベートーベンさんのほうを見《み》る。

ベートーベンさん、頭《あたま》を抱《かか》えて、髪《かみ》の毛《け》をつかみながら、いった。

「なにかがちがうのだ！　その、なにかを見《み》つけるためにも、自分《じぶん》で書《か》いた楽譜《がくふ》を目《め》の前《まえ》に広《ひろ》げていなければならないのだ！」

「なるほど。」

わたしがうなずくと、ベートーベンさんは髪《かみ》の毛《け》をかきむしりはじめた。

「た、たしかに、わたしは難聴《なんちょう》だ！　どんどん、ひどくなる予感《よかん》がする！　だ、だから、だからこそ、わたしは、あの曲《きょく》を作《つく》りおえたいのだ！　あの次《つぎ》に、そのまた次《つぎ》に浮《う》かんでくるイメージを楽譜《がくふ》に起《お》こさなければならないのだ！」

亮平《りょうへい》くんが、目《め》に涙《なみだ》を浮《う》かべている。

「どうしたの？　亮平《りょうへい》くん。」

「耳《みみ》が不《ふ》自由《じゆう》なベートーベンさんを見《み》てたら、父《とう》ちゃんのことを思《おも》い出《だ》したんだ。」

「どういうこと?」

「足《あし》をねんざして、仕入《しい》れをおれにやらせてるけど、ほんとうは、自分《じぶん》で仕入《しい》れしたいんだろうな、って。」

「そうかもね。」

「それに……いつか父《とう》ちゃんにいわれたことを思《おも》い出《だ》したんだ。『仕入《しい》れするところから、料理《りょうり》ははじまっているんだ。』って。だから仕入《しい》れをさせられるのは運命《うんめい》だなんて思《おも》うんじゃなくて、料理《りょうり》の一部《いちぶ》って思《おも》わなきゃいけないんだ。」

「亮平《りょうへい》くん、そうよ!」

「だから足《あし》をねんざした父《とう》ちゃんの気持《きも》ちになって考《かんが》えたら……ベートーベンさんの気持《きも》ちになって考《かんが》えたら……。」

亮平《りょうへい》くんは、マリーさんに訴《うった》えるように、いった。

「マリーさん! ベートーベンさんの楽譜《がくふ》を返《かえ》してあげてください!」

⑧ 音《おと》の暗号《あんごう》、登場《とうじょう》！

マリーさんが全員《ぜんいん》にいう。

「すぐに、『はい、どうぞ。』って渡《わた》したら、ベートーベンさん、いますぐにでも作曲《さっきょく》のつづきをしちゃいそう……。」

「それは、まあ……。」

ベートーベンさんが小《ちい》さくうなずく。

「だから、これから、あるところに隠《かく》します。」

ベートーベンさんが、マリーさんにきく。

「どこですか？」

マリーさんが落《お》ち着《つ》いた口調《くちょう》でいう。

「すぐに教《おし》えられるわけがありませんわ。」

「では、なにかヒントをくれませんか。」

「そうですわね……。」

マリーさん、腕組《うでぐ》みをして、しばらく考《かんが》えてから、ベートーベンさんにいった。

「ベートーベン先生《せんせい》？　ちょっとピアノにさわってもよろしいかしら。」

「楽譜《がくふ》のありかを教《おし》えてくださるなら、どうぞ、どうぞ。——マリーさんも、毎週木曜日《まいしゅうもくようび》午後《ごご》の音楽会《おんがくかい》でピアノを弾《ひ》かれますからね。」

マリーさんは、ピアノの鍵盤《けんばん》のほうにまわりこんだ。

わたしたちのほうからは、マリーさんの手元《てもと》が見《み》えない。

「じゃあ、弾《ひ》きますわね。」

マリーさんの右手《みぎて》が動《うご》く。

見《み》えないけど、たぶん、右手《みぎて》の人差《ひとさ》し指《ゆび》一本《ぽん》だけ伸《の》ばしているっぽい。

……ボン……低《ひく》めの音《おと》。

「ヒャン！」

わたしの足下《あしもと》にいるタイムが、びくんと身体《からだ》を震《ふる》わせる。

音《おと》が出《で》た瞬間《しゅんかん》、ベートーベンさんが耳《みみ》を押《お》さえながら、わめく。

「聞《き》こえてくる！　欲《ほ》しい音《おと》が聞《き》こえてきそうな気《き》がする！」

ベートーベンさんは、目《め》をむき、上《うえ》のほうを見《み》ている。

マリーさんが鍵盤《けんばん》に手《て》を置《お》く。

「つづけますわよ。」


……ボン……低《ひく》めの音《おと》。

……ポン……高《たか》めの音《おと》。

……ボン！……低《ひく》い音《おと》。

……ポン！……高《たか》い音《おと》。

マリーさんは、音《おと》を四つ鳴《な》らしたところで、手《て》の動《うご》きを止《と》めた。

「以上《いじょう》よ。」

首《くび》をかしげた拓《た》っくんが亮平《りょうへい》くんに声《こえ》をかける。

「亮平《りょうへい》、いまの音《おと》、なにか意味《いみ》があるのか？」

「さあ？　ぜんぶ同《おな》じ音《おと》に聞《き》こえたんだけど。」

わたしは、ため息《いき》をついて、いった。

「ぜんぶちがってたじゃない。」

「え～。」

拓《た》っくんと亮平《りょうへい》くんが、眉間《みけん》にしわを寄《よ》せながら、あさっての方向《ほうこう》を見《み》る。

「香里《かおり》ちゃん、わかったの？」

拓《た》っくんがきく。

「うん。」

拓《た》っくんもきいてくる。

「もう一回《いっかい》、弾《ひ》いてもらう？」

「だいじょうぶ。覚《おぼ》えてるから。」

「えーっ！」

拓《た》っくんと亮平《りょうへい》くん、わたしの顔《かお》を見《み》て、同時《どうじ》に大声《おおごえ》でさけぶ。

「そんなにおどろくこと？」

拓《た》っくんと亮平《りょうへい》くんは顔《かお》を見合《みあ》わせて、うなずく。

「おどろくことだよ。なあ、亮平《りょうへい》。」

「うん、うん。」

ベートーベンさんは、まだ、わめきつづけている。

「わたしの欲《ほ》しい音《おと》は、すぐそこまで来《き》ている！　さあ、来《こ》い！　来《く》るんだ！　わああああ！」

そんなベートーベンさんをよそ目《め》に、わたしは、拓《た》っくんと亮平《りょうへい》くんに小声《こごえ》でいった。

「『レ』『ラ』『ド』『シ』の四つの音《おと》。」

向《む》き合《あ》っていた拓《た》っくんと亮平《りょうへい》くんが、同時《どうじ》にわたしのほうを見《み》る。

「香里《かおり》ちゃん、わかったの？」

拓《た》っくんにつづいて、亮平《りょうへい》くんがきく。

「えっと、えっと、香里《かおり》ちゃんって、絶対零度《ぜったいれいど》の持《も》ち主《ぬし》？」

「それをいうなら、絶対音感《ぜったいおんかん》じゃない？」

絶対零度《ぜったいれいど》というのは、理科《りか》の世界《せかい》でいわれる理論上《りろんじょう》の最低温度《さいていおんど》、摂氏《せっし》マイナス二百七十三・一五度《ど》のこと。

香里《かおり》の豆知識《まめちしき》

絶対音感《ぜったいおんかん》

絶対音感《ぜったいおんかん》というのは、ほかの音《おと》とくらべることなく、ある音《おと》を聞《き》くだけで、それが「ド」とか「レ」とか「ミ」とか聞《き》き分《わ》ける能力《のうりょく》のことね。

亮平《りょうへい》くんが笑《わら》う。

「あ、そうだ、そうだ。絶対鈍感《ぜったいどんかん》！」

「ち、ち、ちがう！　絶対鈍感《ぜったいどんかん》じゃなくて絶対音感《ぜったいおんかん》！　絶対鈍感《ぜったいどんかん》ってなによ！」

わたしは、ため息《いき》をついた。

「絶対鈍感《ぜったいどんかん》……絶対鈍感《ぜったいどんかん》……絶対鈍感《ぜったいどんかん》って、やだなあ……。」

「ご、ごめん、ごめん。香里《かおり》ちゃんは、鈍感《どんかん》じゃないよ。」

亮平《りょうへい》くんが両手《りょうて》を合《あ》わせてあやまる。

となりでは、拓《た》っくんが大笑《おおわら》い。

「わははは。『絶対鈍感《ぜったいどんかん》』、いいなあ。おれ、その能力欲《のうりょくほ》しい。」

「あのねえ！」

わたしは、拓《た》っくんと亮平《りょうへい》くんの前《まえ》に立《た》って、両手《りょうて》を腰《こし》にあてた。

「わたしをだれだと思《おも》ってるの。遠山香里《とおやまかおり》よ！　遠山香里《とおやまかおり》は、鈍感《どんかん》じゃないの！　ぜったいに鈍感《どんかん》じゃないの！」

パンパン！

手《て》をたたく音《おと》がした。

タイムの身体《からだ》がびくんとなる。

マリーさんの声《こえ》が聞《き》こえてきた。

――「もう、いいかしら。」

「ごめんなさい！　はい、ちゃんと話《はなし》を聞《き》きます！」

マリーさんが、わたしにいった。

「さっき聞《き》こえた四つの音《おと》。それが、ベートーベン先生《せんせい》の楽譜《がくふ》を隠《かく》す場所《ばしょ》よ。」

えっ……。

わたしが感想《かんそう》をいうよりも先《さき》に、拓《た》っくんが口《くち》を開《ひら》いた。

「意味《いみ》わかんねえ。亮平《りょうへい》、わかるか。」

「わかるわけないよ。もっとヒントないのかな。」

マリーさんがいう。

「これ以上《いじょう》のヒントなんかないわよ。」

「えーっ。」

拓《た》っくんが不平《ふへい》をもらす。

「だって、簡単《かんたん》な問題《もんだい》ですもの。――さ、問題《もんだい》を解《と》いて、これから、楽譜《がくふ》をどこに隠《かく》すか見《み》つけてちょうだい。」

⑨ 音《おと》の暗号《あんごう》を解読《かいどく》！

音《おと》の暗号《あんごう》を出《だ》したマリーさんが全員《ぜんいん》を見渡《みわた》しながらいった。

「楽譜《がくふ》を隠《かく》したら、またようすを見《み》に来《く》るから。」

母屋《おもや》のほうに向《む》かって歩《ある》きはじめたマリーさんが、すぐに立《た》ち止《ど》まった。

「ヨーゼフ、ちょっといらっしゃい。」

「えっ、どうしてですか？　ぼくは、せっかく弟子《でし》になれたのですから、ベートーベン先《せん》生《せい》のそばにいたいんですけど。」

髪《かみ》の毛《け》をかきむしっていたベートーベンさんが、はたと気《き》づいて、いう。

「まだ正式《せいしき》に弟子《でし》になっておらん。試用期間《しようきかん》だ。」

マリーさんが、ヨーゼフくんに少《すこ》しきつめにいう。

「あなたに手伝《てつだ》ってほしいことがあるの。ちょっと、いらっしゃい。」

「は、はい……。」

マリーさんが、ヨーゼフくんを連《つ》れてベートーベンさんの部屋《へや》を出《で》ていった。

残《のこ》されたわたしたちが顔《かお》を見合《みあ》わせていると、ベートーベンさんがいった。

「なにか、あったか。」

「マリーさんが、楽譜《がくふ》のありかを音《おと》で示《しめ》したのです。音《おと》の問題《もんだい》です、音《おと》の暗号《あんごう》です。」

「……知《し》らん。」

「だって、ベートーベンさん、ずっと頭《あたま》かきむしってましたから。——で、探《さが》していた音《おと》は見《み》つかったのですか？」

「ま、まだだ！」

ベートーベンさんが、わたしに嚙《か》みつかんばかりに近《ちか》づいてくる。

「で、その音《おと》の暗号《あんごう》だが、解《と》けたのか！」

「いや、ぜんぜん、です。」

ふと見《み》ると、拓《た》っくんと亮平《りょうへい》くんが腕組《うでぐ》みをして考《かんが》えている。

「え？　ふたりとも考《かんが》えてくれてるの？」

拓《た》っくんがいう。

「考《かん》えるふりをしてる。」

「ちゃんと考《かんが》えてよ。」

「だって、わかんねえもん。」

ベートーベンさんが、わたしにいう。

「香里《かおり》、どんな音《おと》だ。弾《ひ》いてみろ。」

「ベートーベンさんのピアノにさわってもいいんですか？」

「もちろんだ。さわらなければ弾《ひ》けないだろ。」

「やったー！　ベートーベンさんのピアノを弾《ひ》ける！」

「ヘンなやつだな。ただのピアノではないか。」

わたしは、ぐるりとまわりこんだ。

タイムがついてくる。

わたしは、ピアノの鍵盤《けんばん》の前《まえ》に立《た》った。

「すわっていいぞ。」

「はい！」

ベートーベンさんがいつも使《つか》っている椅子《いす》にすわって、ベートーベンさんがいつも使《つか》っているピアノを弾《ひ》ける。

うれしい！

わたしは椅子《いす》に腰《こし》かけた。

タイムが、わたしの右横《みぎよこ》の床《ゆか》にちょこんとすわる。

わたしは右手《みぎて》を前《まえ》に出《だ》して、鍵盤《けんばん》に人差《ひとさ》し指《ゆび》をのせた。

よく見《み》ると、鍵盤《けんばん》の数《かず》が、わたしの知《し》っているものと少《すこ》しちがう。時代《じだい》によって、ちがってるみたい。

たぶんこれが「ド」だから……。

……ボン……低《ひく》めの音《おと》。

「うわあ！　また音《おと》が迫《せま》ってくる！　近《ちか》い！　すぐそこだ！」

……ポン……高《たか》めの音《おと》。

……ボン！……低《ひく》い音《おと》。

……ポン！……高《たか》い音《おと》。

んもう！　わたしの弾《ひ》く音《おと》をちゃんと聞《き》いてほしいのにぃ。

わたしは立《た》ちあがると、また頭《あたま》を抱《かか》えて髪《かみ》の毛《け》をかきむしっているベートーベンさんのほうに右手《みぎて》を出《だ》しながら、いった。

「ベートーベンさん、五線紙《ごせんし》ありますか？」

「あるぞ。」

「一枚《まい》、ください。」

ベートーベンさん、一枚《まい》の五線紙《ごせんし》を渡《わた》してくれた。

「鉛筆《えんぴつ》ありますか？」

「なんだ、それ。」

拓哉《たくや》の豆知識《まめちしき》

鉛筆《えんぴつ》の歴史《れきし》

鉛《なまり》を原料《げんりょう》にした筆記具《ひっきぐ》は古代《こだい》ギリシャや古代《こだい》ローマの時代《じだい》にあったらしいけど、黒鉛《こくえん》を主体《しゅたい》にした鉛筆《えんぴつ》が発明《はつめい》されたのは十六世紀半《せいきなか》ばだって。そのあとも芯作《しんづく》りが改良《かいりょう》されて、ヨーロッパで鉛筆作《えんぴつづく》りが盛《さか》んになっていったのが十九世紀《せいき》になってからというから、このころのベートーベンさんが鉛筆《えんぴつ》を知《し》らないのも無理《むり》ないね。

ちなみに日本《にっぽん》ではじめて鉛筆《えんぴつ》を使《つか》ったのは徳川家康《とくがわいえやす》だって。外国人《がいこくじん》から献上《けんじょう》されたものらしいよ。国産鉛筆《こくさんえんぴつ》が作《つく》られたのは明治時代《めいじじだい》のはじめだそうだよ。

「なら、書《か》くものなら、なんでもいいです。」

わたしがそういうと、ベートーベンさんはインクをつけたペンを渡《わた》してくれた。

「どうするつもりだ。」

「さっき、マリーさんが鳴《な》らした音《おと》を五線《ごせん》紙《し》に移《うつ》してみますね。」

わたしは、ペンを受《う》け取《と》ると、五線紙《ごせんし》に音符《おんぷ》を書《か》いていった。

「『レ』……『ラ』……『ド』……『シ』……と。」

拓《たく》っくんが、わたしの腕《うで》をつんつんと突《つ》っついてくる。

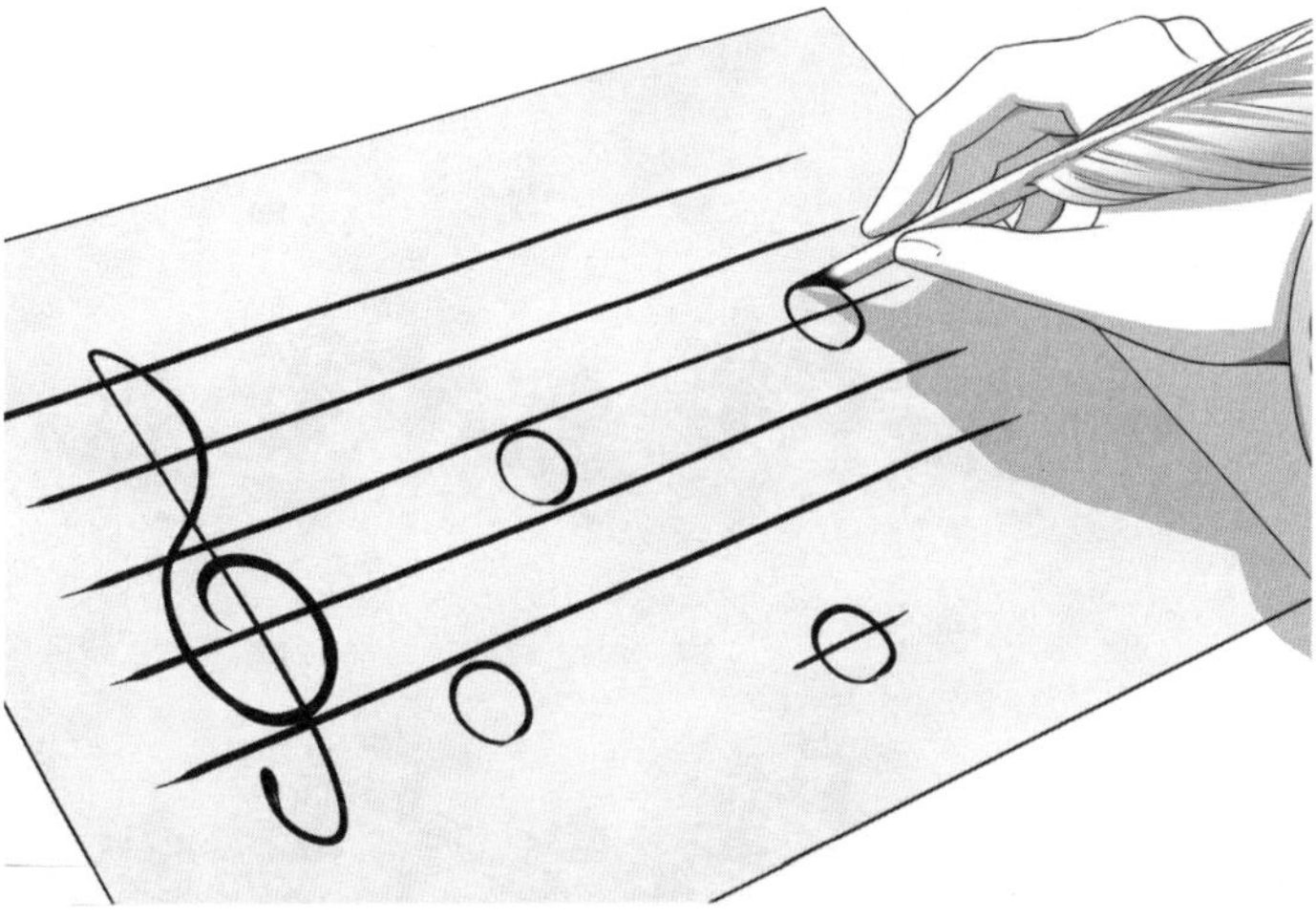

「ねえ、香里《かおり》ちゃん、なにをしようとしてるの？」

「暗号解読《あんごうかいどく》。」

「どうやるの？」

「さっぱり、わからない。」

拓《た》っくんと亮平《りょうへい》くんが同時《どうじ》にずっこける。

わたしは、拓《た》っくんと亮平《りょうへい》くんにいった。

「ふたりとも、まじめに解《と》き方《かた》を考《かんが》えてくれる？」

「だってさあ……。」

拓《た》っくんだ。

「これまでも暗号《あんごう》を解読《かいどく》するときは、香里《かおり》ちゃんが中心《ちゅうしん》になってたからさ……。」

つづいて亮平《りょうへい》くんがいう。

「いま、香里《かおり》ちゃん、五線紙《ごせんし》に書《か》きながら、なんていってた？」

「『レ』『ラ』『ド』『シ』よ。」

「なに年《どし》？」

「干支《えと》じゃないわよ。」

そのとき、ベートーベンさんの声《こえ》がうしろから聞《き》こえてきた。

――「なあ、香里《かおり》。」

だれかが、わたしの背中《せなか》をさわった。

「きゃ、痴漢《ちかん》!」

――「わたしがなにをした! 痴漢《ちかん》などしていないぞ!」

わたしの頭《あたま》のなかで、なにかがはじけた。


痴漢《ちかん》……。

……ちかん……。

……………置換《ちかん》。


「これだ! ベートーベンさん! 痴漢《ちかん》してくれてありがと!」

わたしが振《ふ》り向《む》くと、ベートーベンさんが首《くび》を横《よこ》に振《ふ》る。

「わたしは痴漢《ちかん》などしていない！」

「そうじゃなくて！　置換法《ちかんほう》です！」

拓《た》っくんがいう。

「痴漢《ちかん》を捕《つか》まえる法律《ほうりつ》？」

亮平《りょうへい》くんもいう。

「痴漢《ちかん》をぶっ飛《と》ばす大砲《たいほう》のことじゃないか？」

わたしは、ふたりにいった。

「ふだん、推理小説《すいりしょうせつ》を読《よ》まないの？」

拓《た》っくんがいう。

「コナン・ドイルの『シャーロック・ホームズ』のシリーズとか、江戸川乱歩《えどがわらんぽ》の『明智小五郎《あけちこごろう》』のシリーズとか、読《よ》んだことがないわけじゃないけど、暗号解読《あんごうかいどく》の方法《ほうほう》の知識《ちしき》はないよ。」

「しょうがないわね……。」

わたしは、わたしが書《か》いた音符《おんぷ》のそばにアルファベットを書《か》いていった。

わたしは、幼稚園《ようちえん》にあがる前《まえ》からピアノを習《なら》っていたんだけど、小学校《しょうがっこう》のときだったかな、ピアノの先生《せんせい》に教《おそ》わったことを思《おも》い出《だ》していた。

みんなも知《し》っている「ドレミファソラシド」は、イタリア語《ご》なのね。

で、その先生《せんせい》が、黒板《こくばん》に書《か》いた五線譜《ごせんふ》に、英語版《えいごばん》の「ドレミファソラシド」を書《か》いてくれたことを思《おも》い出《だ》したわけ。

香里《かおり》の豆知識《まめちしき》

各国語《かっこくご》の音名《おんめい》1

イタリア語《ご》＝Do《ド》 Re《レ》 Mi《ミ》 Fa《ファ》 Sol《ソル》 La《ラ》 Si《シ》 Do《ド》
英語《えいご》＝C《シー》 D《ディー》 E《イー》 F《エフ》 G《ジー》 A《エー》 B《ビー》 C《シー》

五線紙《ごせんし》の音符《おんぷ》のそばにアルファベットを書《か》きおえたわたしは、ピアノの上《うえ》に広《ひろ》げた。

拓《た》っくん、亮平《りょうへい》くん、ベートーベンさんがのぞきこむ。


「レ」のところに「D《ディー》」。

「ラ」のところに「A《エー》」。

「ド」のところに「C《シー》」。

「シ」のところに「B《ビー》」。


わたしは、五線紙《ごせんし》に書《か》かれたアルファベットを読《よ》みあげた。

「D《ディー》……A《エー》……C《シー》……B《ビー》……ん？　DACB《ディーエーシービー》？　ん？　なにこれ？」

ベートーベンさんがきいてくる。

「これはドイツ語《ご》か？　それとも英語《えいご》か？」

「ああっ！　そっか！　ドイツ語版《ごばん》の『ドレミファソラシド』じゃないといけないんだった！」

香里《かおり》の豆知識《まめちしき》

各国語《かっこくご》の音名《おんめい》2

日本語《にほんご》＝	ハ	ニ	ホ	ヘ	ト	イ	ロ	ハ
イタリア語《ご》＝	Do《ド》	Re《レ》	Mi《ミ》	Fa《ファ》	Sol《ソル》	La《ラ》	Si《シ》	Do《ド》
フランス語《ご》＝	Ut《ユト》	Ré《レ》	Mi《ミ》	Fa《ファ》	Sol《ソル》	La《ラ》	Si《シ》	Do《ド》
英語《えいご》＝	C《シー》	D《ディー》	E《イー》	F《エフ》	G《ジー》	A《エー》	B《ビー》	C《シー》
ドイツ語《ご》＝	C《ツェー》	D《デー》	E《エー》	F《エフ》	G《ゲー》	A《アー》	H《ハー》	C《ツェー》

ちなみに、ベートーベンさんがしゃべっているのはドイツ語《ご》なので、ドイツ語《ご》の音名《おんめい》を読《よ》むと、「ツェー・デー・エー・エフ・ゲー・アー・ハー・ツェー」ってなるの。

わたしは、ずっとわたしの顔《かお》を見《み》ているベートーベンさんに五線紙《ごせんし》とペンを渡《わた》しながらお願《ねが》いした。

「ベートーベンさん、この音符《おんぷ》の下《した》にドイツ語《ご》でアルファベットを書《か》いてもらえませんか？」

「音名《おんめい》をアルファベットに置《お》き換《か》えるわけだな？」

五線紙《ごせんし》を受《う》け取《と》ったベートーベンさんは、わたしが書《か》いた音符《おんぷ》にアルファベットを書《か》いていった。

五線紙《ごせんし》にアルファベットを書《か》いたベートーベンさんは、ピアノの上《うえ》に広《ひろ》げた。

「レ」のところに「D《ディー》」。

「ラ」のところに「A《エー》」。

「ド」のところに「C《シー》」。

「シ」のところに「H《エイチ》」。


わたしは、五線紙《ごせんし》に書《か》かれたアルファベットを読《よ》みあげた。

「D《ディー》……A《エー》……C《シー》……H《エイチ》……。」

すぐベートーベンさんがツッコミを入《い》れてきた。

「それは何語《なにご》だ。」

「あっ、そっか。――じゃあ、ドイツ語《ご》で読《よ》んでください。」

「D《デー》……A《アー》……C《ツェー》……H《ハー》……。」

四つのアルファベットを読《よ》みあげたベートーベンさんの動《うご》きが止《と》まった。

そして、これでもかというくらい大《おお》きな口《くち》を開《あ》けてさけんだ。

「屋根《やね》だ！」

拓《た》っくんも亮平《りょうへい》くんも顔《かお》を見合《みあ》わせて、首《くび》をかしげている。

わたしは、ベートーベンさんにいった。

「ベートーベンさん、いまの、もういちど、いってください。」

すぐに腕時計型同時通訳装置《うでどけいがたどうじつうやくそうち》をはずして、耳《みみ》をすませた。

「DACH《ダッハ》！」

わたしは、腕時計型同時通訳装置《うでどけいがたどうじつうやくそうち》をはめなおしながら、ベートーベンさんにお願《ねが》いした。

「もういちどお願《ねが》いします。」

「DACH《ダッハ》、だ！」

「いま、ベートーベンさん、『屋根《やね》』っていったんですよね？」

「そうだ。いま、香里《かおり》も『DACH《ダッハ》（屋根《やね》）』といったではないか。くどい。」

腕時計型同時通訳装置《うでどけいがたどうじつうやくそうち》を通《とお》しているからね。

つまり、こういうこと。

レラドシ

←

ドイツ語《ご》で表記《ひょうき》すると

DACH《デーアーツェーハー》

←

ドイツ語《ご》で読《よ》むと

DACH《ダッハ》

←

意味《いみ》は

屋根《やね》

ベートーベンさんとわたしの会話《かいわ》を聞《き》いていた拓《た》っくんがいった。

「さっき、マリーさんが鳴《な》らした音《おと》は『屋根《やね》』を意味《いみ》していたんだ！」

亮平《りょうへい》くんが、拓《た》っくんの顔《かお》を見《み》る。

「屋根《やね》って、この家《いえ》の屋根《やね》？　えっ……ええっ！　拓哉《たくや》！　感心《かんしん》してる場合《ばあい》じゃないよ。ベートーベンさんの楽譜《がくふ》の束《たば》、この家《いえ》の屋根《やね》の上《うえ》にあるってことじゃん！」

「そうだよな！」

拓《た》っくんと亮平《りょうへい》くんだけじゃなく、わたしもベートーベンさんの顔《かお》を見《み》た。

ベートーベンさんは天井《てんじょう》のほうを見《み》あげながら、つぶやく。

「屋根《やね》……屋根《やね》の上《うえ》に、わたしの楽譜《がくふ》が!?　ほんとうか！　よし、取《と》りに行《い》こう。」

ベートーベンさんが、あわてて動《うご》こうとする。わたしはベートーベンさんの腕《うで》をつかんだ。

そのとき、背後《はいご》からマリーさんの声《こえ》が聞《き》こえてきた。

――「あら、解《と》けたの？　意外《いがい》と早《はや》かったですわね。」

わたしたちは、いっせいに振《ふ》り向《む》いた。

「だれが解《と》いたのです？」

わたしとベートーベンさんは、同時《どうじ》におたがいを指《ゆび》さした。

ベートーベンさんがいう。

「解《と》き方《かた》を見《み》つけたのが香里《かおり》……。」

つづけて、わたしもいった。

「……解《と》いたのはベートーベンさんです。」

「いや、わたしは音名《おんめい》をドイツ語《ご》でつけただけ。解《と》いたのは香里《かおり》といっていい。」

マリーさんが笑《わら》う。

「あら、ほめあって、すてきですこと。——でもね、じつは、あの四つの音《おと》を出《だ》す前《まえ》に、わたし、会話《かいわ》のなかに『屋根《やね》』という言葉《ことば》を出《だ》していましたのよ。」

「えっ……いつですか？」

わたしがきくと、マリーさんがほほえみながら、いった。

「ヨーゼフがベートーベン先生《せんせい》の弟子《でし》になりたいといっていたときです。」

わたしは、あのときの会話《かいわ》を思《おも》い出《だ》していた。

「ああっ！」

マリーさん、こんなことをいっていたのだ。

――「もしベートーベン先生《せんせい》がヨーゼフを弟子《でし》にしてあげなかったら……。」

――「……この家《いえ》の屋根《やね》から飛《と》び降《お》りて死《し》ぬなんて、いいかねませんわよ。」

あのとき、すでにマリーさんは、盗《ぬす》んだ楽譜《がくふ》をどこに隠《かく》すか決《き》めていたのだ……。

「マリーさん！」

ベートーベンさんが右手《みぎて》を前《まえ》に出《だ》す。

「香里《かおり》の力《ちから》を借《か》りたとはいえ、楽譜《がくふ》の束《たば》のありかは、あてました。ですから楽譜《がくふ》の束《たば》を返《かえ》してください。」

マリーさん、にっこり笑《わら》う。

「お断《ことわ》りします。――ご自分《じぶん》でどうぞ。楽譜《がくふ》の束《たば》は、この家《いえ》の屋根《やね》の上《うえ》にありますから。」

「どうして、盗《ぬす》んで隠《かく》した楽譜《がくふ》を返《かえ》してくれないのですか。それがいちばん早《はや》い……。」

「それだと……。」

マリーさんは、そこで、いちど言葉《ことば》を切《き》った。

「……ベートーベン先生《せんせい》が家《いえ》から出《で》ないではありませんか。わたしは、ベートーベン先生《せんせい》には、もっと表《おもて》に、家《いえ》から外《そと》に出《で》てほしいのです！」

わたしは、マリーさんにきいた。

「いま、楽譜《がくふ》は屋根《やね》の上《うえ》っておっしゃいましたけど……だれが楽譜《がくふ》を屋根《やね》の上《うえ》に置《お》いたのですか？」

「ヨーゼフよ。いま、楽譜《がくふ》を手《て》に、この家《いえ》の屋根《やね》の上《うえ》にのぼっています。」

ああ、だから、さっきヨーゼフくんを呼《よ》んでいたんだ……。

わたしは、ベートーベンさんにいった。

「ベートーベンさん！　外《そと》に出《で》て、屋根《やね》の上《うえ》にいるヨーゼフくんから楽譜《がくふ》を受《う》け取《と》りましょ！」

「わ、わかった、わかった！　いっしょに取《と》りに行《い》こう！」

⑩ 楽譜《がくふ》を守《まも》れ！

わたしたちは、庭《にわ》に出《で》た。

屋内《おくない》にいると時間《じかん》の経過《けいか》がよくわからなかったけど、夕焼《ゆうや》けで空《そら》が赤《あか》く燃《も》えていた。

あらためて建物全体《たてものぜんたい》を見《み》た。

この家《いえ》は、二階建《かいだ》てなんだけど、高《たか》さがかなりある。二十一世紀《せいき》だと……三階建《がいだ》てくらい？

見《み》ると、芝生《しばふ》の地面《じめん》から屋根《やね》にかけて斜《なな》めに長《なが》いハシゴが立《た》てかけられている。

「あんなところに！」

そういって、ベートーベンさんが屋根《やね》の上《うえ》を見《み》あげる。

わたしは、拓《た》っくんと亮平《りょうへい》くん、そしてベートーベンさんに声《こえ》をかけた。

「のぼりましょう！　楽譜《がくふ》を取《と》りに行《い》きましょう！」

そこで拓《た》っくんがいった。

「はじめに、おれと亮平《りょうへい》でのぼって、それから香里《かおり》ちゃんとベートーベンさんを呼《よ》ぶよ。

亮平《りょうへい》、それでいいよな？」

拓《た》っくんが、亮平《りょうへい》くんを見《み》て、いう。

「おまえ、なに、かぶってるの？」

見《み》ると、亮平《りょうへい》くんは金《かな》だらいを頭《あたま》にかぶっている。

「あっ……。」

ベートーベンさんがぼうぜんとした顔《かお》つきで、亮平《りょうへい》くんのほうを見《み》ている。

拓《た》っくんが、亮平《りょうへい》くんにきく。

「亮平《りょうへい》、おまえ、なにしてんの？」

「屋根《やね》にあがるとき、かわらが落《お》ちてきたら、いやだからさ……。」

「見《み》かけ、ヘンだぞ。――なあ、香里《かおり》ちゃん。」

「うん。ヘンだけど……ヘルメットと思《おも》えばいいんじゃない？」

「え〜、こんなヘンなやつといっしょにのぼるのかよ。——ま、いいや。亮平《りょうへい》、行《い》くぞ！」

まず拓《た》っくんがハシゴのほうへ、ずんずん歩《ある》いていく。

亮平《りょうへい》くんが「え〜。」といいながら、うしろからついていく。

拓《た》っくんは、庭《にわ》の芝生《しばふ》に食《く》いこんだハシゴの足場《あしば》をたしかめると、ハシゴに手《て》をかけた。

拓《た》っくんは、幼稚園《ようちえん》のころから運動神経《うんどうしんけい》はすぐれてる。

「よしっ！」

すいすいのぼりながら、亮平《りょうへい》くんにいう。

「亮平《りょうへい》、あとにつづけ！」

「わ、わかった……。」

亮平《りょうへい》くん、おそるおそるハシゴに手《て》をかけ、右足《みぎあし》をあげ、次《つぎ》に左足《ひだりあし》をあげ……。

ハシゴが揺《ゆ》れている。

亮平《りょうへい》くん、数段《すうだん》のぼったところで動《うご》きを止《と》めた。小《ちい》さな声《こえ》が聞《き》こえてくる。

「こ、こわ……。」

ハシゴの下《した》から見守《みまも》るわたしの足下《あしもと》にいるタイムがほえる。

「ワン！」

わたしは、亮平《りょうへい》くんにいった。

「タイムが『がんばれ！』って。」

「わかってるよ。おれにも、そう聞《き》こえてるから。」

そういいながら、また一段《だん》のぼったところで足《あし》を止《と》める。

いま、わたしの頭《あたま》より少《すこ》し高《たか》いところに足《あし》があるくらい。

見上《みあ》げると、拓《た》っくんはすでに二階《かい》の窓《まど》くらいにいる。

亮平《りょうへい》くんがいう。

「ハシゴが揺《ゆ》れるんだよ。」

拓《た》っくんがのぼっているからだ。

でも……。

「言《い》い訳《わけ》しないの。」

亮平《りょうへい》くんの声《こえ》が聞《き》こえたからか、拓《た》っくんがさけぶ。

――「おれが屋根《やね》までのぼったら、上《うえ》でハシゴを支《ささ》えるから、それからのぼってこい！」

「わ、わかったよ。」

拓《た》っくんが、ますます速《はや》くハシゴをのぼりはじめる。

わたしのそばで、マリーさんがあきれ顔《がお》でつぶやく。

「なに、あの子《こ》。うわあ、すごいわね。まるで軽業師《かるわざし》。ヨーゼフだって、そろそろとのぼっていったというのに。」

屋根《やね》の上《うえ》にのぼって、拓《た》っくんがハシゴの上端《じょうたん》をつかみ、見下《みお》ろしながら、さけぶ。

――「亮平《りょうへい》、がんばれ！」

「わかった！」

揺《ゆ》れのおさまったハシゴを、亮平《りょうへい》くんが、ふたたびのぼりはじめた。

けど……。

二階《かい》に差《さ》しかかったところで、下《した》を見《み》た亮平《りょうへい》くんの動《うご》きが止《と》まった。

ハシゴが揺《ゆ》れはじめる。身体《からだ》が震《ふる》えているのだ。

拓《たく》っくんの声《こえ》が聞《き》こえる。

――「亮平《りょうへい》、下《した》を見《み》るな！」

「でも……。」

わたしも声《こえ》をかける。

「亮平《りょうへい》くん、下《した》を見《み》ちゃダメ！」

「だって……。」

んもう！

わたしがハシゴに手《て》をかけると、タイムがわたしの足《あし》からよじのぼり、左肩《ひだりかた》に乗《の》った。

「タイムものぼるの？」

「ワン！」

「ちゃんと、つかまっててよ！」

「ワン！」

「ベートーベンさん、わたしがのぼったら、あとからついてきてください！」

「わ、わかった。」

わたしはハシゴをのぼりはじめた。

下《した》からマリーさんの声《こえ》が聞《き》こえてきた。

――「香里《かおり》！　あなたは女《おんな》の子《こ》なのだから、やめなさい！」

「いいえ、やめません！　わたしなら、だいじょうぶですから！」

――「そういうことではありません！」

「はい？」

――「はしたないと思《おも》わないの？」

「男《おとこ》だから、女《おんな》だから、って関係《かんけい》ないの！　男女平等《だんじょびょうどう》！」

――「なんて子《こ》なの。」

ベートーベンさんの声《こえ》も聞《き》こえてくる。

――「かっこいいな。」

すぐにマリーさんのツッコミが入《はい》る。

――「ベートーベン先生《せんせい》、なにをおっしゃっているのです。女《おんな》の子《こ》があんなことをしていいわけがありません！」

――「そうかもしれませんが、あの香里《かおり》という女《おんな》の子《こ》なら……『アリ』だと思《おも》いますよ。」

すぐに、わたしは亮平《りょうへい》くんに追《お》いついた。

「亮平《りょうへい》くん！　がんばって！　のぼって！」

「わ、わかってるけど……。」

「下《した》を見《み》ちゃダメ！　振《ふ》り返《かえ》っちゃダメ！　上《うえ》を見《み》て！　上《うえ》だけを見《み》て！　拓《た》っくんを見《み》ながらのぼるの！」

亮平《りょうへい》くんは、一段《いちだん》一段《いちだん》、ゆっくりとのぼっていく。

わたしは、すぐ下《した》から声《こえ》をかけつづけた。

「亮平《りょうへい》くん、がんばって！」

「ああ、力《ちから》が入《はい》る！　力《ちから》が入《はい》ったら、おなら出《で》そう！」

「ダメ！　亮平《りょうへい》くんのおなら、くさいんだから！」

「わかったよ、がまんするよ。」

「亮平《りょうへい》くん、がんばって！」

「ワン！」

わたしとタイムは、声《こえ》をかけながら、一歩一歩《いっぽいっぽ》、のぼっていった。

一階《かい》の窓《まど》の上《うえ》……二階《かい》の窓《まど》……。

のぼるにつれて、気温《きおん》が低《ひく》くなり、風《かぜ》が強《つよ》くあたってくるようになった。

――「亮平《りょうへい》、もう少《すこ》しだ！」

拓《た》っくんの声《こえ》も聞《き》こえてくる。

わたしも声《こえ》をかける。

「もう少《すこ》しよ！　もう少《すこ》しだからね！」

「う、うん……。」

二階《かい》の窓《まど》を通《とお》り越《こ》し、屋根《やね》がわらが見《み》えてきた。

屋根裏部屋《やねうらべや》があるせいか、屋根《やね》の傾斜《けいしゃ》が急《きゅう》になってる。

屋根《やね》がわらは、一枚一枚《いちまいいちまい》、濃《こ》さが異《こと》なるれんが色《いろ》。肌色《はだいろ》に近《ちか》いれんが色《いろ》から、黒《くろ》に近《ちか》いれんが色《いろ》まで、さまざま。

ハシゴは、あと少《すこ》し。

――「亮平《りょうへい》、その調子《ちょうし》だ。ほら、こっち来《こ》い！　ゆっくりだぞ、ゆっくりだ。」

拓《た》っくんが手《て》を伸《の》ばし、亮平《りょうへい》くんの腕《うで》をつかんで屋根《やね》にあげる。

亮平《りょうへい》くんは、かわら屋根《やね》に這《は》いつくばる。

わたしもハシゴをのぼりおえた。

風《かぜ》が強《つよ》い。

この家《いえ》は坂《さか》をのぼった上《うえ》に位置《いち》していて、少《すこ》し高台《たかだい》に建《た》っているから風《かぜ》が強《つよ》いのかもしれない。

わたしは、庭《にわ》を見下《みお》ろして、さけんだ。

「ベートーベンさん！　のぼってきてくださーい！」

「わかった！」

ベートーベンさんがハシゴに近《ちか》づく。

でもハシゴに両手《りょうて》を伸《の》ばしかけたままの姿勢《しせい》で立《た》ち止《ど》まっている。

「ベートーベンさん、どうしたんですかーっ！」

「無理《むり》。」

「え？」

「無理《むり》！」

「なにが？」

「さ、さ、さわれない。」

わたしは、ベートーベンさんが、床《ゆか》に手《て》をついただけで手《て》を洗《あら》いに行《い》かないと気《き》がすまないくらいの潔癖性《けっぺきしょう》だったことを思《おも》い出《だ》した。

「しかし、わたしの楽譜《がくふ》が屋根《やね》に……屋根《やね》に……。」

ベートーベンさんのなかで葛藤《かっとう》があることが伝《つた》わってくる。

楽譜《がくふ》を取《と》りに行《い》きたい……。

でもハシゴにさわれない……。

わたしは背中《せなか》を押《お》してあげることにした。

「ベートーベンさん！　ハシゴにさわるの！　楽譜《がくふ》、返《かえ》してほしくないんですかーっ！」

ベートーベンさん、空《そら》を見《み》あげて目《め》を閉《と》じた。

そして、かっと目《め》を見開《みひら》いた。

ハシゴに手《て》をかけると、わっせわっせとのぼりはじめた。

「よし！」

やればできるじゃない。

ベートーベンさんがハシゴをのぼりきったところで、わたしはかわらの上《うえ》を少《すこ》しのぼって、身体《からだ》をずらした。

わたしたちがいた庭《にわ》は中庭《なかにわ》で、中庭《なかにわ》を囲《かこ》んだ大《おお》きな屋敷《やしき》なんだとわかった。

三百六十度《ど》、あたりを見《み》まわした。

周囲《しゅうい》には、れんが色《いろ》の屋根《やね》の家並《いえな》みが広《ひろ》がっている。

太陽《たいよう》が西《にし》にかたむいて、夕日《ゆうひ》が斜《なな》めに走《はし》ってる。

そして頭上《ずじょう》には大《おお》きな鳥《とり》が飛《と》んでいる。ワシ？　タカ？

わたしは息《いき》をのんだ。

すごい！　なんて、きれいなの！

自分《じぶん》がアニメ映画《えいが》のなかの登場人物《とうじょうじんぶつ》になっているような気分《きぶん》になった。

おっと、いつまでも見《み》とれてる場合《ばあい》じゃないわね。

ヨーゼフくんは、斜《なな》めになった屋根《やね》じゃなくて、てっぺんの大棟《おおむね》にまたがって這《は》いつくばっている。

わたしたちから見《み》て、ヨーゼフくんの顔《かお》は左《ひだり》、お尻《しり》は右《みぎ》。

ヨーゼフくんの手《て》には束《たば》になっている楽譜《がくふ》。

「ベートーベンさん、だいじょうぶですか？」

「あ、ああ。」

「じゃあ、ヨーゼフくんのほうに近《ちか》づきましょう！」

「ええっ！」

ベートーベンさんが、そーっとハシゴのほう、中庭《なかにわ》のほうを見《み》る。

「下《した》を見《み》ちゃダメ！」

「だって……。」

「『だって。』じゃありません！　ほら、ヨーゼフくんのところに行《い》きますよ！」

「香里《かおり》は、マリーさんより怖《こわ》いな。」

「ベートーベンさんのためです！　楽譜《がくふ》、取《と》り返《かえ》したいんでしょ！」

「そ、そうだな。そうだ、そうだ。」

タイムを左肩《ひだりかた》に乗《の》せたわたしとベートーベンさんは、亮平《りょうへい》くんをまわりこむように這《は》いあがっていった。かわらを落《お》とさないように気《き》をつけながら。

拓《た》っくんと並《なら》ぶ。

わたしは、ヨーゼフくんに声《こえ》をかけた。

「ヨーゼフくん、わたしたちがここにいるってことは、どういうことか、わかるよね？」

ヨーゼフくんは、わたしのほうではなく、ベートーベンさんのほうを見《み》て、いった。

「あ……あの……問題《もんだい》を……解《と》いたん……です……ね。」

ヨーゼフくんの声《こえ》が震《ふる》えている。

わたしは、ヨーゼフくんにいった。

「だから、もうおりてきていいの。」

ベートーベンさんもいう。

「ヨーゼフ、わたしの楽譜《がくふ》を返《かえ》してくれ！」

「返《かえ》したい……です……。」

「そうだろう、そうだろう。」

わたしは、ヨーゼフくんにいった。

「だから、おりよ?」

「だ……ダメ。」

「どうして?」

ベートーベンさんもきく。

「どうしてだ、ヨーゼフ。」

ヨーゼフくんが声《こえ》を絞《しぼ》り出《だ》す。

「……ダメなんだ……というか……無理《むり》なんだ……無理《むり》……無理《むり》、無理《むり》、無理《むり》! ……。」

「なんで?」

わたしがきくと、大棟《おおむね》にまたがって這《は》いつくばっているヨーゼフくんが、わたしのほうにそっと顔《かお》を向《む》けて、いった。

「う、動《うご》けない……。」

わたしだけでなく、拓《た》っくんも亮平《りょうへい》くんも、そしてベートーベンさんも同時《どうじ》にさけんでいた。

「ええーっ！」

「こ……腰《こし》が……抜《ぬ》けて……動《うご》けない……。」

「えっ。」

「が……楽譜《がくふ》は……渡《わた》すから……手《て》を……伸《の》ばして……。」

ヨーゼフくんの手《て》のなかの楽譜《がくふ》が風《かぜ》で暴《あば》れる。

わたしは、ベートーベンさんに小声《こごえ》できいた。

「あの楽譜《がくふ》、飛《と》ばないように折《お》っちゃいけないんですか？」

「かまわん！　折《お》ってもかまわん！」

でもヨーゼフくんの動《うご》きは、そのまま。

「折《お》りたい……けど……片手《かたて》じゃ……無理《むり》……。」

ヨーゼフくんが、楽譜《がくふ》の束《たば》をつかんだまま、わたしとベートーベンさんのほうに伸《の》ばしてくる。

楽譜《がくふ》のタイトルが見《み》えた。

ドイツ語《ご》は読《よ》めないけど、なかに「VI」の数字《すうじ》が見《み》えた。

ひょっとして「交響曲第《こうきょうきょくだい》六番《ばん》」？

たしか「交響曲第《こうきょうきょくだい》六番《ばん》」は別名《べつめい》「田園《でんえん》」だったはず。

香里《かおり》の豆知識《まめちしき》

ベートーベンの交響曲《こうきょうきょく》

「交響曲《こうきょうきょく》」＝《イコール》「シンフォニー」ね。十八世紀中《せいきなか》ごろに成立《せいりつ》した、管弦楽《かんげんがく》（オーケストラ）のための大規模《だいきぼ》な楽曲《がっきょく》のこと。

ベートーベンの作曲《さっきょく》した交響曲《こうきょうきょく》はぜんぶで九曲《きょく》。

第《だい》一番《ばん》　ハ長調《ちょうちょう》

第《だい》二番《ばん》　ニ長調《ちょうちょう》
第《だい》三番《ばん》　変《へん》ホ長調《ちょうちょう》　「英雄《えいゆう》（エロイカ）」
第《だい》四番《ばん》　変《へん》ロ長調《ちょうちょう》
第《だい》五番《ばん》　ハ短調《たんちょう》　「運命《うんめい》」
第《だい》六番《ばん》　ヘ長調《ちょうちょう》　「田園《でんえん》」
第《だい》七番《ばん》　イ長調《ちょうちょう》
第《だい》八番《ばん》　ヘ長調《ちょうちょう》
第《だい》九番《ばん》　ニ短調《たんちょう》（合唱付《がっしょうつ》き）
日本《にっぽん》では、別名《べつめい》のついた、第《だい》三番《ばん》「英雄《えいゆう》」、第《だい》五番《ばん》「運命《うんめい》」、第《だい》六番《ばん》「田園《でんえん》」と、年末《ねんまつ》になると歌《うた》われる「第九《だいく》」こと第九番《だいくばん》が有名《ゆうめい》ね。

四《よ》つん這《ば》いになったわたしは、両足《りょうあし》、左手《ひだりて》をしっかり屋根《やね》がわらにつけたまま、右手《みぎて》を伸《の》ばした。

三十センチ……。
さらに右手《みぎて》を伸《の》ばす。
……二十センチ……。
もう少《すこ》し！
……十センチ……。
楽譜《がくふ》の束《たば》は折《お》ってもいいから、ちゃんとつかんだほうが……。
と思《おも》った矢先《やさき》。

ビューッ！

一陣《いちじん》の風《かぜ》が吹《ふ》いた。
うわっ！
ベートーベンさんの声《こえ》が聞《き》こえる。
──「わたしの楽譜《がくふ》がーっ！」

腰《こし》が抜《ぬ》けていたはずのヨーゼフくんも、わたしも、拓《た》っくんも、亮平《りょうへい》くんも、ベートーベンさんも、身体《からだ》を起《お》こして、みんなで両手《りょうて》を広《ひろ》げた。

飛《と》び散《ち》った楽譜《がくふ》をつかみにかかった。

何枚《なんまい》かずつでも、一枚《まい》ずつでも、とにかく両手《りょうて》を伸《の》ばしてはつかみつづけた。

楽譜《がくふ》が多少《たしょう》くしゃくしゃになっても、どこかに飛《と》んでいってしまうよりマシ！

ただ……。

楽譜《がくふ》のなかの、表紙《ひょうし》の一枚《まい》だけが、だれの手《て》にもおさまらなかった。

あっ、と思《おも》ったときだった。

わたしの左肩《ひだりかた》が少《すこ》し重《おも》くなった次《つぎ》の瞬間《しゅんかん》、軽《かる》くなった。

タイムが飛《と》びあがり、両前足《りょうまえあし》で楽譜《がくふ》の表紙《ひょうし》をバシッとはさんだ。

そして、そのまま屋根《やね》がわらの上《うえ》に着地《ちゃくち》……するかと思《おも》うと……！

タイムが足《あし》をすべらせ、背中《せなか》から落《お》ちた。

屋根《やね》がわらの上《うえ》をすべり落《お》ちはじめた。

「タイム！」

「香里《かおり》ちゃん！　香里《かおり》ちゃんの持《も》ってる楽譜《がくふ》をこっちに！」

拓《た》っくんが自分《じぶん》がつかんだ楽譜《がくふ》をヨーゼフくんに渡《わた》し、わたしのほうに手《て》を伸《の》ばしてくる。

それを見《み》て、亮平《りょうへい》くんも、自分《じぶん》がつかんだ楽譜《がくふ》をヨーゼフくんに渡《わた》し、同《おな》じように、わたしのほうに手《て》を伸《の》ばしてくる。

右手《みぎて》でつかんだ楽譜《がくふ》を拓《た》っくんに、左手《ひだりて》でつかんだ楽譜《がくふ》を亮平《りょうへい》くんに渡《わた》したわたしは、屋根《やね》がわらにうつぶせになって、右手《みぎて》を思《おも》いっきり伸《の》ばした。

「タイム！」

あおむけのまますべり落《お》ちていくタイムと目《め》が合《あ》う。

タイム！

わたしの手《て》がタイムまであと一センチというところで……。

……タイムが……れんが色《いろ》のかわら数枚《すうまい》といっしょに落《お》ちた。

⑪「運命《うんめい》」誕生《たんじょう》！

「タイム！」

わたしは屋根《やね》の端《はし》から、下《した》を見《み》た。

両前足《りょうまえあし》で楽譜《がくふ》の表紙《ひょうし》をはさんだままのタイムが落《お》ちていく……。

その目《め》は、わたしのほうを向《む》いている。

「タイム！」

タイムの周囲《しゅうい》には、落《お》ちていくかわら数枚《すうまい》。

タイムの背後《はいご》には、見《み》あげているマリーさんの立《た》ち姿《すがた》。

「マリーさん！　お願《ねが》いします！」

マリーさんが広《ひろ》げた両腕《りょううで》のなかに……タイムが落《お》ちる。

わたしの視界《しかい》に、落《お》ちていくかわらが見《み》えた。

「マリーさん、離《はな》れて！」

マリーさんがあとずさる。

すると、マリーさんが立《た》っていた芝生《しばふ》の上《うえ》にかわら数枚《すうまい》が落《お》ちて割《わ》れた。

ガチャン！

拓《た》っくん、亮平《りょうへい》くん、ヨーゼフくんの近《ちか》くにいるはずのベートーベンさんの声《こえ》が聞《き》こえてきた。

――「この音《おと》でもない！」

ベートーベンさんが探《さが》している音《おと》って、なんなのだろう。

とにかくタイムが無事《ぶじ》でよかった。

ほっとした次《つぎ》の瞬間《しゅんかん》――。

あっ……。

ズズズ……。

うつぶせになったまま身体《からだ》がすべった。

「うわっ！」
わたしも頭《あたま》から落《お》ちそうになった。
落《お》ちる！　落《お》ちちゃう！
と思《おも》ったとき……止《と》まった。
えっ!?　なに!?
両足首《りょうあしくび》をだれかにつかまれていた。
――「香里《かおり》ちゃん！」
――「だいじょうぶだよ！」
拓《た》っくんと亮平《りょうへい》くんの声《こえ》が聞《き》こえてくる。
拓《た》っくんの声《こえ》が聞《き》こえる。
――「ベートーベンさん、先《さき》におりてください！」
――「わたしの楽譜《がくふ》！」
――「ヨーゼフくんがしっかりつかんでますから！　そうだよな、ヨーゼフくん！」
――「うん！」

拓《た》っくんがつづける。

「ベートーベンさんの次《つぎ》、ヨーゼフくんもおりて！　さっき楽譜《がくふ》をつかむので起《お》きあがれたってことは、もう腰《こし》が抜《ぬ》けてないはずだよ！」

――「うん！」

うつぶせになったままのわたしのすぐ右側《みぎがわ》にあるハシゴを、まずベートーベンさん、そして楽譜《がくふ》の束《たば》を左手《ひだりて》につかんだヨーゼフくんがおりていく。

拓《た》っくんの声《こえ》がつづく。

――「香里《かおり》ちゃん、ヨーゼフくんがおりきったら、身体起《からだお》こして、ハシゴおりて。香里《かおり》ちゃんの次《つぎ》に亮平《りょうへい》。最後《さいご》におれがおりるから。」

わたし、亮平《りょうへい》くん、拓《た》っくんの順《じゅん》で、ハシゴをおりた。

わたしは、マリーさんに頭《あたま》を下《さ》げた。

「タイムを受《う》け止《と》めてくださって、ありがとうございました。」

「いいのよ。――はい。」

マリーさんは、タイムをわたしに渡《わた》してくれた。

そのとき、ベートーベンさんの声《こえ》がした。

――「手《て》が、手《て》がよごれた！　あ、洗《あら》ってくる！」

ベートーベンさんが家《いえ》のほうに向《む》かって走《はし》っていく。

「あらあら、さっきは、ハシゴを伝《つた》って屋根《やね》にのぼっていたのにね。」

そういうマリーさんに、わたしはいった。

「楽譜《がくふ》が見《み》つかって安心《あんしん》したら、自分《じぶん》が潔癖性《けっぺきしょう》だって思《おも》い出《だ》したんじゃないですか？」

「優先順位《ゆうせんじゅんい》が一番《ばん》じゃないなら、潔癖性《けっぺきしょう》とはいえないわね。ふふふ。――さ、みんな、ベートーベン先生《せんせい》の部屋《へや》にもどりましょ。」

そしてベートーベンさんの背中《せなか》にも声《こえ》をかける。

「ベートーベン先生《せんせい》！」

ベートーベンさんが立《た》ち止《ど》まる。

「手《て》を洗《あら》いおわったら、お部屋《へや》にもどってきてくださいね。」

「わ、わかりました。」

ベートーベンさんが脱兎《だっと》のごとく走《はし》りだす。

マリーさんの合図《あいず》で、ヨーゼフくんとわたしたちは、ピアノのあるベートーベンさんの部屋《へや》にもどった。

拓《た》っくんが、金《かな》だらいをかぶったままの亮平《りょうへい》くんを見《み》て、笑《わら》った。

「亮平《りょうへい》、おまえ、やっぱりヘンだよ。」

「そうかなあ。頭《あたま》の上《うえ》にかわらが落《お》ちたらイヤだって思《おも》ったんだよ。」

「落《お》ちなかったじゃないか。」

わたしは、マリーさんのほうを見《み》て、いった。

「そうよ。あぶなかったのは、マリーさんよ。さっき、タイムが落《お》ちたとき、いっしょにかわらも落《お》ちたんだから。」

「ワン！」

タイムがほえる。

「ほら、タイムもそういってる。」

でもマリーさんは、亮平《りょうへい》くんがかぶっている金《かな》だらいを見《み》ながら、なにかいいたそうな顔《かお》をしている。

なんだろう……。

ヨーゼフくんはというと、自分《じぶん》が拾《ひろ》った楽譜《がくふ》や、拓《た》っくん、亮平《りょうへい》くんから受《う》け取《と》った楽《がく》譜《ふ》をながめて、順番《じゅんばん》を入《い》れかえている。

わかるのかしら。

そこへベートーベンさんがもどってきた。

ヨーゼフくんが楽譜《がくふ》の束《たば》を渡《わた》した。

受《う》け取《と》ったベートーベンさんが、一枚《まい》、二枚《まい》、三枚《まい》……と繰《く》っていく。

そして目《め》をむいた。

「よ、よ、ヨーゼフ！」

「は、はい……。」

「おまえが並《なら》べかえたのか！」

「はい。」

「屋根《やね》の上《うえ》で散《ち》ったのだから、順番《じゅんばん》がバラバラになっているはずだぞ！」

「えっと、並《なら》べかえてみました。いけませんでしたか？」

ベートーベンさんが、ヨーゼフくんの顔《かお》をまっすぐに見《み》て、いう。

「いけないわけないだろう！　なぜ、順番《じゅんばん》がわかったのだ！」

「先生《せんせい》が弾《ひ》くピアノをもれ聞《き》いていますし。それと、曲《きょく》の流《なが》れを考《かんが》えて……。」

「合格《ごうかく》！」

ベートーベンさんが、両手《りょうて》でヨーゼフくんの肩《かた》をばしばしたたく。

「は？」

ヨーゼフくん、首《くび》をかしげる。

「試用期間《しようきかん》は終《お》わりだ！　おまえを正式《せいしき》に弟子《でし》にしてやる！」

「ほんとうですか！」

「あたりまえだ！　わたしの書《か》いた楽譜《がくふ》をぜんぶきれいに並《なら》べかえることができるとは！」

ヨーゼフくんの目《め》に涙《なみだ》がひと筋《すじ》こぼれ、頰《ほお》を伝《つた》う。

「先生《せんせい》、ありがとうございます！」

ヨーゼフくん、深々《ふかぶか》と頭《あたま》を下《さ》げた。

わたしは、腕《うで》のなかのタイムにいった。

「タイム、渡《わた》してあげて。」

タイムは、楽譜《がくふ》の表紙《ひょうし》を前足《まえあし》ではさんだままなのだ。

「ワン！」

タイムから表紙《ひょうし》を受《う》け取《と》ったベートーベンさんは、楽譜《がくふ》の束《たば》のいちばん上《うえ》に重《かさ》ねた。

わたしはベートーベンさんに尋《たず》ねた。

「これ、交響曲第《こうきょうきょくだい》六番《ばん》ですか？」

「いかにも。」

わたしは「田園《でんえん》」を思《おも》い出《だ》しながら、きいた。

「穏《おだ》やかな曲《きょく》なんですか？」

「いや、穏《おだ》やかではない。派手《はで》だ。いや、もっと派手《はで》にしたいくらいだ。だが、まだ、しっくりこないのだ！　主旋律《しゅせんりつ》が決《き》まらないのだ！」

わたしは重《かさ》ねて、きいた。

「じゃあ、第《だい》五番《ばん》は？」

「うむ。あっちは『田園《でんえん》』になるだろう。」

「えっ……。」

「それがどうかしたか。」

「いえ、なんでもありません。」

香里《かおり》の豆知識《まめちしき》

交響曲第《こうきょうきょくだい》五番《ばん》と第《だい》六番《ばん》

あとで知《し》ったことだけど、じつはベートーベンさんの交響曲《こうきょうきょく》はもともとは順番《じゅんばん》がちがうの。

第《だい》五番《ばん》　ヘ長調《ちょうちょう》　別名《べつめい》「田園《でんえん》」
第《だい》六番《ばん》　ハ短調《たんちょう》　別名《べつめい》「運命《うんめい》」

現在《げんざい》では、
第《だい》五番《ばん》　ハ短調《たんちょう》　別名《べつめい》「運命《うんめい》」
第《だい》六番《ばん》　へ長調《ちょうちょう》　別名《べつめい》「田園《でんえん》」
完成《かんせい》したのは「運命《うんめい》」のほうが先《さき》だけど、初演《しょえん》では「田園《でんえん》」のほうが先《さき》に演奏《えんそう》されたから第《だい》五番《ばん》になったみたい。

わたしから視線《しせん》をはずしたベートーベンさんが、となりに立《た》っている亮平《りょうへい》くんのほうを見《み》る。亮平《りょうへい》くんの顔《かお》を見《み》てから、ゆっくり頭《あたま》の上《うえ》へ。

そして、露骨《ろこつ》にイヤな顔《かお》をした。

「りょ、亮平《りょうへい》、おまえ、なにをかぶってるんだ。」

「金《かな》だらい、ですけど。」

「どこにあった。」

「ここです。」

亮平《りょうへい》くんが、自分《じぶん》が立《た》っているあたりの床《ゆか》を指《ゆび》さす。

「な、な、なんという……。」

亮平《りょうへい》くん、こんどは、自分《じぶん》がかぶっている金《かな》だらいを脱《ぬ》いで、しげしげとながめながら、ベートーベンさんにきいた。

「この金《かな》だらいが……どうかしたんですか？」

「どうしたも、こうしたもない！」

「え……!?」

「それは……それは……。」

ベートーベンさん、一歩《ぽ》さがってから、吐《は》き捨《す》てるようにいった。

「……わたしの便器《べんき》だ！　緊急用《きんきゅうよう》の便器《べんき》だ！」

すぐにヨーゼフくんがつけ加《くわ》える。

「せ、先生《せんせい》は、作曲《さっきょく》に集中《しゅうちゅう》しはじめるとトイレに行《い》く暇《ひま》も惜《お》しんで、その金《かな》だらいで……しちゃうんだよ。」

えっ！

ええーっ！

潔癖性《けっぺきしょう》でもなんでもないじゃないの！

亮平《りょうへい》くんの顔《かお》が凍《こお》りついている。

思《おも》わず、拓《た》っくんも、わたしも、あとずさる。

それを見《み》て、さらにヨーゼフくんがつけ加《くわ》える。

「でも、使《つか》ったあとで洗《あら》って拭《ふ》いてるから、その金《かな》だらいはきれいだよ。」

「うわっ！」

亮平《りょうへい》くん、持《も》っていた金《かな》だらいから手《て》を放《はな》した。

金《かな》だらいが床《ゆか》に落《お》ちて、盛大《せいだい》な音《おと》が響《ひび》いた。

「ガッチャン！　……ジャラン！　……ジャラン！　……ジャラララーン！」

亮平《りょうへい》くんの足下《あしもと》を見《み》ると、金《かな》だらいがまわりながら揺《ゆ》れて……逆《さか》さまになって、床《ゆか》にべったりになっている。

亮平《りょうへい》くんは、髪《かみ》の毛《け》を洗《あら》うように、両手《りょうて》でかきむしる。

それを見《み》て、拓《た》っくんが笑《わら》う。

「使《つか》うたびに、きれいに洗《あら》って拭《ふ》いてるっていってたじゃないか。おまえの髪《かみ》の毛《け》がおしっこまみれになってるわけじゃない。」

「でもさあ！」

そのとき――。

「あーっ！　これだーっ！」

ベートーベンさんが髪《かみ》の毛《け》をかきむしりながら、さけんだ。

あたりに、フケが飛《と》び散《ち》る。

「わたしが欲《ほ》しかった音《おと》は、これだーっ！」

ベートーベンさん、ピアノのそばに立《た》っているマリーさんとヨーゼフくんを押《お》しのけて、椅子《いす》にすわった。

わたしたちは、ベートーベンさんに注目《ちゅうもく》した。

それまで、どちらかというと、自称《じしょう》「潔癖性《けっぺきしょう》」の怒《おこ》りやすいおじさんだったベートーベンさんの顔《かお》が、びしっと引《ひ》き締《し》まっていた。

まるで別人《べつじん》！

これぞ作曲家《さっきょくか》！　音楽家《おんがくか》！　ってかんじ。

みんな、ピアノから少《すこ》し離《はな》れて、ベートーベンさんを見守《みまも》った。

ベートーベンさん、楽譜《がくふ》の束《たば》を左手《ひだりて》に取《と》り、表紙《ひょうし》の一枚《まい》をいちばんうしろにまわし、事実上《じじつじょう》の一枚目《まいめ》をいちばん上《うえ》にした。

楽譜《がくふ》を、じーっと見《み》つめる。

そしてペンを手《て》に取《と》ると、ささっと加筆《かひつ》しはじめた。

わたしたちは、ベートーベンさんのことを、じっと見《み》つめた。

ベートーベンさんが、つぶやく。

「冒頭《ぼうとう》は、これでいい！　この四つの音《おと》、四音《おん》が主旋律《しゅせんりつ》の決《き》め手《て》になる！　キーになる！」

楽譜《がくふ》の事実上《じじつじょう》の一枚目《まいめ》を置《お》いたベートーベンさんは、両手《りょうて》の袖《そで》をめくると、鍵盤《けんばん》に指《ゆび》をそっとそえた。よく見《み》ると、その指《ゆび》は毛深《けぶか》い。指《ゆび》は長《なが》くなく、先《さき》のほうは平《ひら》たく太《ふと》い。

「先生《せんせい》！」

ヨーゼフくんだ。

「なんだ？」

「すべての音符《おんぷ》を楽譜《がくふ》に書《か》かなくていいんですか？」

「どんどん音《おと》がわいてきているのだ！　音符《おんぷ》を書《か》いている暇《ひま》はない！　よく聴《き》いていろ！

これが、ベートーベンの音楽《おんがく》だ！」

ベートーベンさんの目《め》が、かっと見開《みひら》かれ、ぐっと力《ちから》がこもる。

わたしは息《いき》をのんだ。

ごくんと、だれかが息《いき》をのむ音《おと》が聞《き》こえてきた。

ベートーベンさんの手《て》が一気《いっき》におろされた。

かきむしったあとの、もじゃもじゃ髪《がみ》が、揺《ゆ》れた。

鍵盤《けんばん》を叩《たた》き……。

……弦《げん》が音《おと》を鳴《な》らす。


「ジャジャジャジャーン！」

ベートーベンさんの交響曲第五番《こうきょうきょくだいばん》「運命《うんめい》」の出《で》だしだ！

ベートーベンさんがさけぶ。

「これだ！　この四音《おん》だ！」

ヨーゼフくんがさけぶ。

「先生《せんせい》、この四音《おん》は……。」

「運命《うんめい》は、このように扉《とびら》をたたいて、やってくるのだ！」

あの「ジャジャジャジャーン！」が誕生《たんじょう》したのは……。

わたしは亮平《りょうへい》くんのほうを見《み》た。拓《た》っくんも、亮平《りょうへい》くんのほうを見《み》ている。

亮平《りょうへい》くんは、自分《じぶん》の顔《かお》を指《ゆび》さしている。

頬《ほお》がひくひく。

亮平《りょうへい》くんが、金《かな》だらいを落《お》としたのがきっかけで、交響曲第五番《こうきょうきょくだいばん》「運命《うんめい》」の出《で》だしが決《き》まったのだ。

亮平《りょうへい》くん、すごい！

「ジャジャジャジャーン！　……ジャジャジャジャーン！」

冒頭《ぼうとう》の四音《おん》がくり返《かえ》されたところで、ベートーベンさんがさけぶ。

「これだ！　このくり返《かえ》しだ！　これが、わたしが求《もと》めていた主旋律《しゅせんりつ》だ！　うまくいかなかった曲《きょく》が……この四音《おん》のおかげで再構築《さいこうちく》されていくぞ！」

ベートーベンさんは、交響曲第《こうきょうきょくだい》五番《ばん》「運命《うんめい》」を弾《ひ》きつづけている。

第《だい》一楽章《がくしょう》がつづく。

ピアノを弾《ひ》きながら、ベートーベンさんがいう。

「マリーさん！　わたしのために楽譜《がくふ》を隠《かく》してくれたのでしたね！」

「失恋《しつれん》をまぎらすために、作曲《さっきょく》をつづけているうち、耳《みみ》が不自由《ふじゆう》になってしまうとたいへんだと思《おも》って……。」

「あのふたりとわたしは結《むす》ばれない運命《うんめい》だったのです！　そして、この耳《みみ》が難聴《なんちょう》なのもまた……。」

運命《うんめい》だ、といいたいのだろう。

「マリーさん！　わたしは、いちどは、運命《うんめい》を変《か》えるため、ウィーンから逃《に》げることも考《かん》えました。」

ヴェストファーレン国王《こくおう》から「宮廷楽長《きゅうていがくちょう》に就任《しゅうにん》してくれ。」と招《まね》きがあったことをいっているのだ。


「ジャジャジャジャーン！」


「ですが……考《かん》えなおします。運命《うんめい》というものは、わたしに、耐《た》えて忍《しの》ぶ勇気《ゆうき》をくれるような気《き》がします。」

鍵盤《けんばん》をたたくベートーベンさんの身体《からだ》が大《おお》きく揺《ゆ》れるたびに、わたしの心《こころ》も揺《ゆ》さぶられるのがわかる。

聴《き》き進《すす》んでいくにしたがって、全身《ぜんしん》がぞわぞわって総毛立《そうけだ》ってくるのがわかる。

すごい、感動《かんどう》なんだけど。

みんな、想像《そうぞう》してみてよ。

ベートーベンさんが、あのベートーベンさんがよ、交響曲第五番《こうきょうきょくだいばん》「運命《うんめい》」を目《め》の前《まえ》で弾《ひ》いてくれてるのよ！


「ジャジャジャジャーン！　……ジャジャジャジャーン！」


ヨーゼフくんの目《め》に涙《なみだ》が伝《つた》っている。

本人《ほんにん》は、涙《なみだ》が伝《つた》っていることに気《き》づいていないかもしれない。

「先生《せんせい》……これが、みんなの人生《じんせい》に降《ふ》りかかる『運命《うんめい》』というものなんですね！」

扉《とびら》をたたいてやってくる運命《うんめい》……。

降《ふ》りかかってくる運命《うんめい》……。

あらがえない運命《うんめい》……。

でも、でも、運命《うんめい》に向《む》かっていこうとする強《つよ》い心《こころ》が伝《つた》わってくる。

ゆるやかな第二楽章《だいにがくしょう》に入《はい》ったところでベートーベンさんがいった。

「ですが、無理《むり》やり運命《うんめい》を変《か》えようとせず、過去《かこ》から逃《に》げず、現実《げんじつ》と向《む》き合《あ》います。それでもつらいなら、いさぎよく逃《に》げますよ。」

そうよ。つらいなら、逃《に》げてもいい。逃《に》げることは、うしろ向《む》きに生《い》きることではない。前《まえ》を向《む》いて生《い》きていくきっかけになるのなら、逃《に》げてもいい。

ベートーベンさんが、わたしたち三人《にん》のほうを見《み》て、うなずく。まるで、わたしが思《おも》っていることが伝《つた》わってるみたい。


曲《きょく》は、第三楽章《だいがくしょう》を経《へ》て、第四楽章《だいがくしょう》のクライマックスへ突入《とつにゅう》していく。

ぜんぶ聴《き》きおわるまで、計《けい》四十分《ぷん》くらいのはず。

わたし、拓《た》っくん、亮平《りょうへい》くんは、おたがいの顔《かお》を見合《みあ》わせた。

ふたりがオーケストラを間近《まぢか》で見《み》たことがあるかどうかわからないけど、わたしは家族《かぞく》で聴《き》きに行《い》ったオーケストラを思《おも》い出《だ》していた。

いまはピアノ一台《だい》だけの演奏《えんそう》にすぎないのに、感動《かんどう》の濃《こ》さがぜんぜんちがってる！

楽譜《がくふ》を見《み》ながら、後世《こうせい》の音楽家《おんがくか》たちが弾《ひ》くピアノと、作曲《さっきょく》した本人《ほんにん》が弾《ひ》くピアノでは、感動《かんどう》に差《さ》が出《で》るに決《き》まってる！

目《め》の前《まえ》でピアノを弾《ひ》いているベートーベンさんの周囲《しゅうい》に、いるはずのないオーケストラが見《み》えたような気《き》がした。

すごい……すごい……すごい……！

ベートーベンさんが、顔《かお》をあげ、わたしたちを見《み》ながらさけぶ。

「いま弾《ひ》いている交響曲《こうきょうきょく》を『運命《うんめい》』にしよう！　香里《かおり》、拓哉《たくや》、そして亮平《りょうへい》！　おまえたちのおかげだ！　礼《れい》をいうぞ！」

見《み》えないオーケストラの音《おと》が天高《てんたか》くあがり、ぐるぐると渦巻《うずま》き、そして、シャワーのように音《おと》が降《ふ》り注《そそ》いでくる。音《おと》に包《つつ》まれるって、こういうこと？

なんて幸《しあわ》せなの！

タイムが、わたしの足《あし》にしがみついてくる。

目《め》の前《まえ》が真《ま》っ白《しろ》になった。

⑫ 運命《うんめい》は変《か》えられる!?

「うわーっ!」

わたしは地面《じめん》の上《うえ》を前転《ぜんてん》していた。

な、な、なに……!?

ここは、ベートーベンさんの部屋《へや》じゃない。

頭《あたま》の片隅《かたすみ》で、二十一世紀《せいき》にもどってきたことには気《き》づいていた。

そうだ! わたしたちは、亮平《りょうへい》くんが落《お》として転《ころ》がったおにぎりを追《お》いかけている途中《とちゅう》だったんだ……。

回転《かいてん》がゆるみ、尻《しり》もちをついた姿勢《しせい》で、やっと落《お》ち着《つ》いた。

拓《た》っくん、亮平《りょうへい》くんは、わたしと同《おな》じように尻《しり》もちをついた姿勢《しせい》になっている。

転《ころ》がっていたタイムが、頭《あたま》をくらくらさせながら、わたしにすり寄《よ》ってくる。

わたしは、タイムをぎゅうっと抱《だ》きしめた。

「タイム、二十一世紀《せいき》にもどってきたね。」

「ワン！」

タイムがほえると、拓《た》っくんと亮平《りょうへい》くんがわたしのほうに顔《かお》を向《む》けてきた。

ふたりが、あたりを見《み》まわす。

「音羽公園《おとわこうえん》に帰《かえ》ってきたんだね。」

拓《た》っくんがいうと、亮平《りょうへい》くんが残念《ざんねん》そうにいった。

「あの部屋《へや》に、もっといたかったなあ。」

「そうよ！　そうそう！」

わたしも残念《ざんねん》だった。

「ベートーベンさんのピアノ、もっと聴《き》いていたかったわよ！　『運命《うんめい》』、最後《さいご》まで聴《き》きたかったわよ！」

なにより……。

交響曲第五番《こうきょうきょくだいごばん》「運命《うんめい》」をピアノで弾《ひ》くベートーベンさん、家主《やぬし》のマリーさん、弟子《でし》のヨーゼフくん……あの三人《にん》のそばにいたかった。

亮平《りょうへい》くんが、草《くさ》まみれ、土《つち》まみれになっているおにぎりを手《て》にしながら、いった。

「『弁当《べんとう》』だから、マジで『ベートーベン』さんに会《あ》えるなんて。」

指先《ゆびさき》で、おにぎりに付着《ふちゃく》している草《くさ》をはがしはじめた亮平《りょうへい》くんを見《み》て、拓《た》っくんとわたしは同時《どうじ》にツッコミを入《い》れた。

「食《く》うなよ。」

「おなかこわしちゃうわよ。」

「三秒《びょう》ルール……五秒《びょう》ルール……十秒《びょう》ルール……。」

「ダメよ。」

「だいじょうぶだよ。おれ、おなかは……。」

「ダーメ。ここにベートーベンさんがいたら卒倒《そっとう》しちゃうわよ。」

「でも、あれ、自称《じしょう》『潔癖性《けっぺきしょう》』だったじゃん。」

「作曲《さっきょく》してるとき以外《いがい》は潔癖性《けっぺきしょう》だったのよ。」

「うー、そうかなあ。」

「とにかく、それは、食《た》べちゃダメだからね。」

「うっ……。」

わたしは、さらにいった。

「そのへんに捨《す》てちゃダメよ。あそこにもどろ？」

わたしの視線《しせん》の先《さき》には、梅林《ばいりん》のなかに敷《し》いたレジャーシート。レジャーシートの上《うえ》には、わたしが持《も》ってきた、弁当《べんとう》と水筒《すいとう》が入《はい》ったトートバッグがのってる。

わたしたちは立《た》ちあがって、レジャーシートのところにもどった。

梅林《ばいりん》に来《き》たときみたいに輪《わ》になってすわる。

わたしは、トートバッグに入《い》れてきたコンビニのレジ袋《ぶくろ》を出《だ》して、亮平《りょうへい》くんに渡《わた》した。

「ここに捨《す》てて。」

亮平《りょうへい》くんが、落《お》として、転《ころ》がったおにぎりを入《い》れた。

そんな亮平《りょうへい》くんを見《み》ながら、拓《た》っくんが、ぼんやりとした口調《くちょう》でいった。

「おれたち、ベートーベンさんの『運命《うんめい》』が誕生《たんじょう》する瞬間《しゅんかん》に立《た》ち会《あ》ったんだよな。」

B

「それも、亮平《りょうへい》くんが大活躍《だいかつやく》！」

「そうそう、金《かな》だらいで……。」

おにぎりをレジ袋《ぶくろ》に入《い》れおわった亮平《りょうへい》くんが自分《じぶん》を指《ゆび》さす。

三人《にん》でいっせいにさけんだ。

「ジャジャジャジャジャーン！」

そして、笑《わら》った。

梅見《うめみ》に来《き》た周囲《しゅうい》の人《ひと》たちにひんしゅくを買《か》っていそうなので、口《くち》を閉《と》ざしたわたしたちは、おとなしく、弁当《べんとう》のつづきを食《た》べた。

サキさんが作《つく》ってくれた弁当《べんとう》を食《た》べおえ、お茶《ちゃ》を飲《の》んだところで、わたしは拓《た》っくんと亮平《りょうへい》くんにいった。

「あのあとベートーベンさん、どうなったのかな。」

拓《た》っくんがいう。

「耳《みみ》の具合《ぐあい》とか？」

亮平《りょうへい》くんもつづく。

「失恋《しつれん》から回復《かいふく》したかとか？」

香里《かおり》の豆知識《まめちしき》

交響曲第《こうきょうきょくだい》五番《ばん》「運命《うんめい》」を作曲《さっきょく》したあとのベートーベンさんは、どんな人生《じんせい》を送《おく》ったんだろうね。あとで調《しら》べてわかったことを書《か》いておくね。お願《ねが》いだから、読《よ》んでね。

ベートーベン年表《ねんぴょう》 ②

一八〇八年《ねん》　『交響曲第《こうきょうきょくだい》五番《ばん》』『交響曲第《こうきょうきょくだい》六番《ばん》』などを初演《しょえん》。

一八〇九年《ねん》　ヴェストファーレン行《い》きを決意《けつい》するが、貴族《きぞく》たちから年金《ねんきん》が給付《きゅうふ》されることになりウィーンに留《とど》まる。

一八一一年《ねん》　アントーニアという女性《じょせい》と出会《であ》って恋愛《れんあい》。
一八一二年《ねん》　『交響曲第七番《こうきょうきょくだいばん》』『交響曲第八番《こうきょうきょくだいばん》』が完成《かんせい》。アントーニアと破局《はきょく》。
一八一七年《ねん》　このころより難聴《なんちょう》がひどくなって「筆談帳《ひつだんちょう》」を使《つか》いはじめる。
一八一八年《ねん》　教会音楽《きょうかいおんがく》へ強《つよ》い関心《かんしん》を示《しめ》す。
一八二四年《ねん》　『交響曲第九番《こうきょうきょくだいばん》』がウィーンで初演《しょえん》される。
一八二六年《ねん》　視力《しりょく》も低下《ていか》。肺炎《はいえん》を発症《はっしょう》したのち、肝硬変《かんこうへん》になる。
一八二七年《ねん》　手術《しゅじゅつ》を重《かさ》ねるが病状《びょうじょう》が悪化《あっか》し、三月《がつ》二十六日《にち》に死去《しきょ》。享年《きょうねん》五十六。

わたしは、拓《た》っくんと亮平《りょうへい》くんにいった。

「ベートーベンさん、失恋《しつれん》したのも、難聴《なんちょう》になったのも運命《うんめい》。でも無理《むり》やり運命《うんめい》を変《か》えようとせず、過去《かこ》から逃《に》げず、現実《げんじつ》と向《む》き合《あ》ってみて、それでもつらいなら逃《に》げる、って。」

拓《た》っくんと亮平《りょうへい》くんがうなずく。

「わたし、自分《じぶん》が料理《りょうり》が下手《へた》なのはわかってるけど、サキさんに習《なら》ってみる。」

亮平《りょうへい》くんもいう。

「おれも、修業《しゅぎょう》だと思《おも》って、店《みせ》の仕入《しい》れ、がんばるよ。だから……。」

亮平《りょうへい》くんが、いちど言葉《ことば》を切《き》ってから、つづける。

「拓哉《たくや》、おまえ、テニスのうまい先輩《せんぱい》がいばってるから部活《ぶかつ》に行《い》きたくない、っていってたじゃん。」

「おれ、運命《うんめい》だから受《う》け入《い》れるしかないと思《おも》ってた。でも、ちがうんだな。おれも現実《げんじつ》と向《む》き合《あ》ってみるよ。イヤなことはイヤっていうよ。」

うなずいた亮平《りょうへい》くんがいう。

「それでも、ほんとうにつらかったら逃《に》げていいんだからな。部活《ぶかつ》に行《い》かなきゃいけない義務《ぎむ》はないんだから。行《い》きたくなければ行《い》かなきゃいいんだよ。それが、前向《まえむ》きに生《い》きるきっかけになるんだよ。」

亮平《りょうへい》くんにしては珍《めずら》しく、まくしたてた。

「亮平《りょうへい》、おまえ……。」

亮平《りょうへい》くん、ほんとうに拓《た》っくんのことを心配《しんぱい》しているんだ……。

わたしも、拓《た》っくんにいった。

「わたしも、亮平《りょうへい》くんのいうとおりだと思《おも》う。」

「………」

亮平《りょうへい》くんとわたしは、拓《た》っくんが口《くち》を開《ひら》くのを、じっと待《ま》っていた。

「ありがとう。運命《うんめい》が変《か》えられるかどうかわからないけど、やってみる。でも無理《むり》はしない。ダメなら、逃《に》げる。」

拓《た》っくんの顔《かお》つきが、穏《おだ》やかになってくるのがわかった。

「そう思《おも》うと、気《き》が楽《らく》になったよ。」

拓《た》っくんの笑顔《えがお》を見《み》ると、わたしもうれしくなった。亮平《りょうへい》くんもうれしそうに笑《わら》っていて、ほっこりした。

亮平《りょうへい》くんが、ため息《いき》をつきながら笑《わら》う。

「拓哉《たくや》にしては珍《めずら》しく深刻《しんこく》な顔《かお》してたから、焦《あせ》ったよ。」

「ごめん、ごめん。」

わたしは、つい、いましがたまでいっしょにいたベートーベンさんの顔《かお》を思《おも》い出《だ》しながら、いった。

「ベートーベンさんのおかげだから、お礼《れい》いわないとね。」

「どうやって？」

亮平《りょうへい》くんがきく。

「うーん、二十一世紀《せいき》のいまは、ベートーベンさんは天国《てんごく》にいるはずだから、空《そら》に向《む》かって、じゃない？」

「だね。」

「だな。」

亮平《りょうへい》くんと拓《た》っくんがうなずき、空《そら》を見《み》あげた。

わたしとタイムも空《そら》を見《み》あげる。

心《こころ》のなかでお礼《れい》をいった。

ベートーベンさん、ありがとう。

あとがき

親愛《しんあい》なる読者諸君《どくしゃしょくん》。

第三《サード》シーズン（外国編《がいこくへん》）第三弾《だいさんだん》、楽《たの》しんでもらえましたか？

第一弾《だいいちだん》「ナポレオン」、第二弾《だいにだん》「クレオパトラ」ときて、どうして「ベートーベン」なのかというと、じつは打《う》ち明《あ》け話《ばなし》があります。

昨年《さくねん》七月《がつ》二十七日《にち》、「青《あお》い鳥文庫《とりぶんこ》プチ編集会議《へんしゅうかいぎ》」が開《ひら》かれたのですね。で、その席《せき》で、読者編集者《どくしゃへんしゅうしゃ》の半数以上《はんすういじょう》が、なんと「ベートーベン」の企画《きかく》を出《だ》してきてくれたのです！

編集長《へんしゅうちょう》はじめ、担当編集者《たんとうへんしゅうしゃ》も、編集部《へんしゅうぶ》のみなさんも、同席《どうせき》してくださっていたイラストレーターのたはらひとえさんも、そしてもちろんクスノキも、偶然《ぐうぜん》の一致《いっち》にびっくり！

お役所《やくしょ》の「すぐやる課《か》」ではありませんが、これは「すぐ書《か》かねば。」となったのです。

また、企画《きかく》を出《だ》してくださったみなさんが、ベートーベンの代表曲《だいひょうきょく》といえる交響曲第《こうきょうきょくだい》五番《ばん》「運命《うんめい》」をキーワードにしていたことも忘《わす》れられません。

「青《あお》い鳥文庫《とりぶんこ》プチ編集会議《へんしゅうかいぎ》」の席《せき》だけでなく、読者《どくしゃ》ハガキに「次《つぎ》は『ベートーベン』が読《よ》みたい。」と書いてきてくださった読者のみなさんもいます！　読者《どくしゃ》のみなさん、ありがとうございました。ぺこり。

でも、「さあ、書《か》くぞ！」と、こぶしを突《つ》き上《あ》げたものの、クスノキの頭《あたま》のなかの五線《ごせん》紙《し》は真《ま》っ白《しろ》でした。だって小学校《しょうがっこう》のときの音楽《おんがく》の成績《せいせき》、五段階《だんかい》のうちの「あひる」だったんですもの。「あひる」がわからなかったら、おうちの人《ひと》にきいてね。

ただ、担当編集者《たんとうへんしゅうしゃ》のS《エス》さんとは、「やっぱりキーワードは『運命《うんめい》』だよね。」「五線譜《ごせんふ》を使《つか》った暗号《あんごう》を入《い》れたいね。」ということだけは決《き》めていたので、そのふたつを軸《じく》にストーリーを練《ね》り上《あ》げていきました。

今回《こんかい》も、世界史《せかいし》の知識《ちしき》がなくても楽《たの》しめるように、登場人物《とうじょうじんぶつ》の年表《ねんぴょう》、世界史《せかいし》の豆知識《まめちしき》、これまでのようにクイズも満載《まんさい》です！

香里《かおり》、拓哉《たくや》、亮平《りょうへい》の三人《にん》をどんな国《くに》、どんな時代《じだい》にタイムスリップさせたいか、どんな世界史上《せかいしじょう》の有名人《ゆうめいじん》に出《で》てきてほしいか、読者《どくしゃ》ハガキに書《か》いて送《おく》ってくださいね。じゃ。

二〇一八年《ねん》三月《がつ》　　楠木誠一郎《くすのきせいいちろう》

＊著者紹介

楠木《くすの き》誠一郎《せいいちろう》

1960年、福岡県生まれ。「タイムスリップ探偵団」シリーズ（講談社青い鳥文庫）のほか、『西郷隆盛』（講談社火の鳥伝記文庫）など、多くの著書がある。高校生のとき邪馬台国ブームで古代史好きになる。大学卒業後に歴史雑誌の編集者となり、広い範囲の歴史をカバーするようになった。小学生の頃の得意教科は社会と図工。苦手教科は算数と理科。ズバリ、ウィーンといえば「少年合唱団」。

＊画家紹介

たはらひとえ

6月28日、鹿児島県生まれの千葉県育ち。カードや児童書の挿絵などを描いているイラストレーター。おもな作品に「タイムスリップ探偵団」シリーズ（講談社青い鳥文庫）、『王子とこじき』（「10歳までに読みたい世界名作23巻」学研プラス）など。小学生の頃の得意教科は体育と図工。苦手教科は音楽。そしてランドセルの色は黄色☆でした。ズバリ、ウィーンといえば「プルンクザール図書館！」。

この作品は書き下ろしです。

講談社 青い鳥文庫

ベートーベンと名探偵《めいたんてい》！
タイムスリップ探偵団《たんていだん》 音楽《おんがく》の都《みやこ》ウィーンへ
楠木《くすのき》誠一郎《せいいちろう》

2018年 4 月15日 第 1 刷発行

（定価はカバーに表示してあります。）

発行者 渡瀬昌彦

発行所 株式会社講談社
東京都文京区音羽2-12-21 郵便番号112-8001
電話 編集（03）5395-3536
販売（03）5395-3625
業務（03）5395-3615

N.D.C.913 234p 18cm

装 丁 小松美紀子＋ベイブリッジスタジオ
久住和代

印 刷 図書印刷株式会社

製 本 図書印刷株式会社

本文データ制作 講談社デジタル製作

（落丁本・乱丁本は、購入書店名を明記のうえ、小社業務あてにお送りください。送料小社負担にておとりかえします。）

■この本についてのお問い合わせは、青い鳥文庫編集まで、ご連絡ください。

ISBN978-4-06-285693-5

青《あお》い鳥《とり》文《ぶん》庫《こ》には、フランスが舞《ぶ》台《たい》の楽《たの》しい物語《ものがたり》がいっぱい！

『レ・ミゼラブル —ああ無情《むじょう》—』

ビクトル・ユーゴー／作

たった一《ひと》切《き》れのパンを盗《ぬす》んだために19年間《ねんかん》も牢獄《ろうごく》に入《い》れられたジャン・バルジャン。つらい運命《うんめい》を背《せ》負《お》う彼《かれ》が、寒《さむ》さにふるえる薄幸《はっこう》の少女《しょうじょ》コゼットに出《で》会《あ》ったのは、**パリ**郊外《こうがい》の真《ま》冬《ふゆ》の森《もり》の中《なか》でした。

『三銃士《さんじゅうし》』

A・デュマ／作

「一人《ひとり》はみんなのために、みんなは一人《ひとり》のために！」熱《あつ》い心《こころ》をもつ青年《せいねん》ダルタニャンの故郷《こきょう》は、フランス南西部《なんせいぶ》**タルブ**。そこから一人《ひとり》で馬《うま》に乗《の》り、花《はな》の都《みやこ》**パリ**で３人《にん》の勇敢《ゆうかん》な銃士《じゅうし》に出《で》会《あ》いました。

『十五少年《しょうねん》漂流記《ひょうりゅうき》』

ジュール・ベルヌ／作

無人島《むじんとう》に漂着《ひょうちゃく》した少年《しょうねん》たちは、どうやって生《い》きのびたのか？　ほかにも、謎《なぞ》の男《おとこ》ネモ艦長《かんちょう》が登場《とうじょう》する『海底《かいてい》２万《まん》マイル』など、数多《かずおお》くの冒険小説《ぼうけんしょうせつ》を書《か》いたベルヌは、フランス西部《せいぶ》**ナント**の出身《しゅっしん》。

『ファーブルの昆虫記《こんちゅうき》』

アンリ・ファーブル／作

温暖《おんだん》な気候《きこう》のフランス南東部《なんとうぶ》**プロヴァンス**地方《ちほう》で長《なが》く暮《く》らしたファーブル。昆虫《こんちゅう》への深《ふか》い愛情《あいじょう》で書《か》かれた『昆虫記《こんちゅうき》』は、ただの観察記録《かんさつきろく》にとどまらず、文学作品《ぶんがくさくひん》として、いまも世界中《せかいじゅう》で読《よ》まれています。

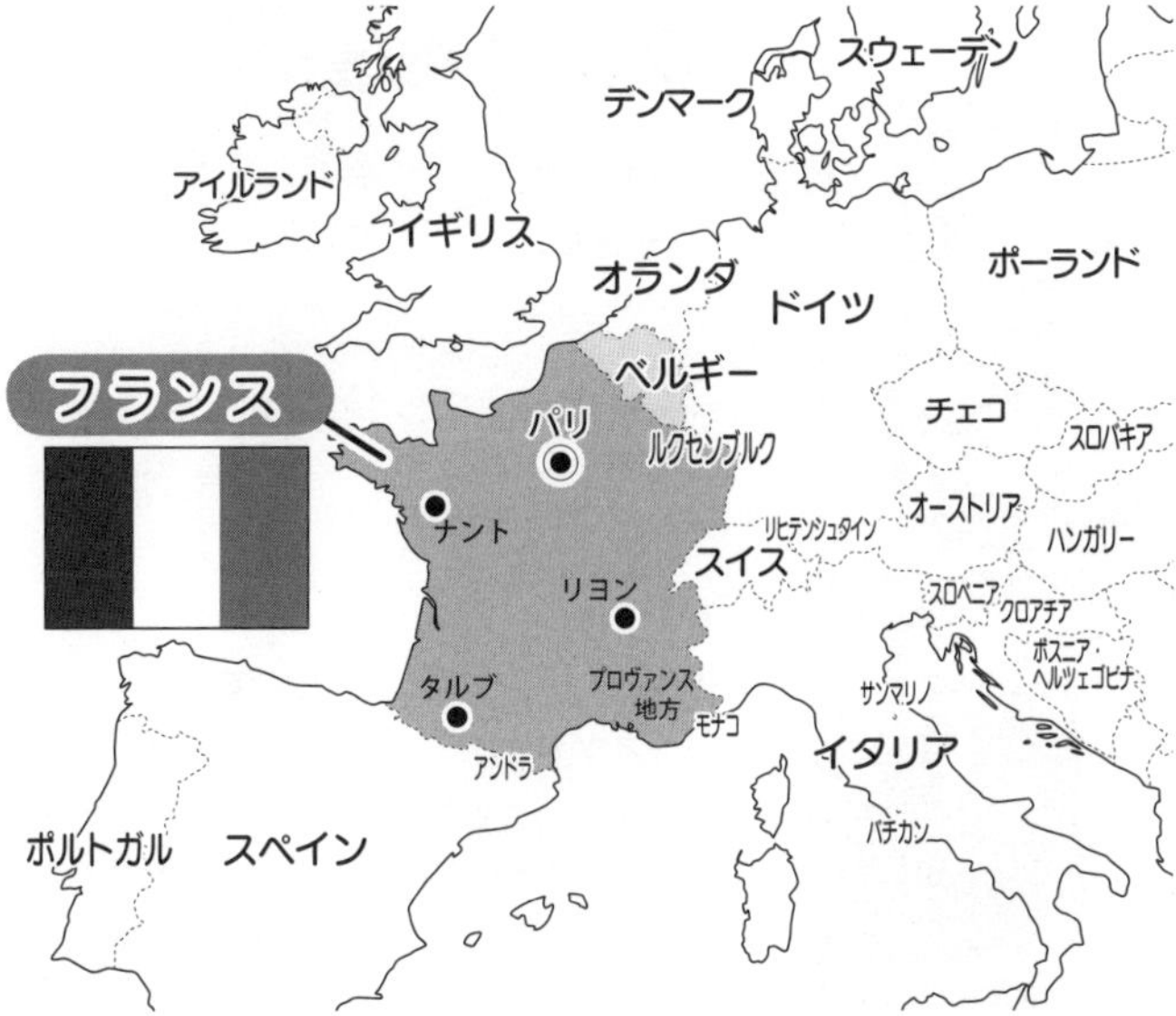

『星《ほし》の王子《おうじ》さま』

サン＝テグジュペリ／作

リヨン出身《しゅっしん》のサン＝テグジュペリは、大人《おとな》になって飛行士《ひこうし》になりました。その経験《けいけん》をもとに書《か》かれたのが『星《ほし》の王子《おうじ》さま』です。この、小《ち》さな星《ほし》からやってきた不思議《ふしぎ》な少年《しょうねん》の物語《ものがたり》を出版《しゅっぱん》した翌《よく》年《とし》、飛行機《ひこうき》に乗《の》ったまま行方不明《ゆくえふめい》になりました。

『青《あお》い鳥《とり》』

メーテルリンク／作

フランスの隣《となり》の国《くに》、**ベルギー**に生《う》まれたメーテルリンクは、大学《だいがく》を出《で》ると**パリ**で詩人仲間《しじんなかま》たちと文学活動《ぶんがくかつどう》にはげみました。この作品《さくひん》により、「青《あお》い鳥《とり》」は「幸福《こうふく》」を象徴《しょうちょう》する言葉《ことば》となりました。

青《あお》い鳥《とりぶんこ》文庫《》には、イギリスが舞台《ぶたい》の楽《たの》しい物語《ものがたり》がいっぱい！

『秘密《ひみつ》の花園《はなぞの》』
（全《ぜん》３巻《かん》）

バーネット／作

ひとりぼっちのメアリがあずけられたお屋敷《やしき》は、**ヨークシャー州《しゅう》**にありました。同《おな》じくヒースの生《お》い茂《しげ》る荒野《ムーア》が舞台《ぶたい》になった有名《ゆうめい》な小説《しょうせつ》に、『嵐《あらし》が丘《おか》』（エミリー・ブロンテ／作）が。

『リトル プリンセス ―小公女《しょうこうじょ》―』

バーネット／作

インドからやってきたセーラがあずけられたのは、**ロンドン**にあるミンチン女子学院《じょしがくいん》。屋根裏部《やねうらべ》屋《や》からセーラが見《み》た、ロンドンの風景《ふうけい》が素敵《すてき》！

『クリスマス キャロル』

ディケンズ／作

ロンドンの下町《したまち》に住《す》む高利貸《こうりが》しのスクルージが、霊《れい》と過《す》ごした三晩《ばん》の物語《ものがたり》。ロンドンのクリスマスの雰囲気《ふんいき》がつたわります。

『ピーター・パンとウェンディ』

Ｊ・Ｍ・バリ／作

ケンジントン公園《こうえん》で乳母車《うばぐるま》から落《お》ちて迷子《まいご》になり、永遠《えいえん》に少年《しょうねん》のままになってしまったピーター・パンの冒険物語《ぼうけんものがたり》。**ロンドン**のケンジントン公園《こうえん》には、その有名《ゆうめい》な銅像《どうぞう》があります。

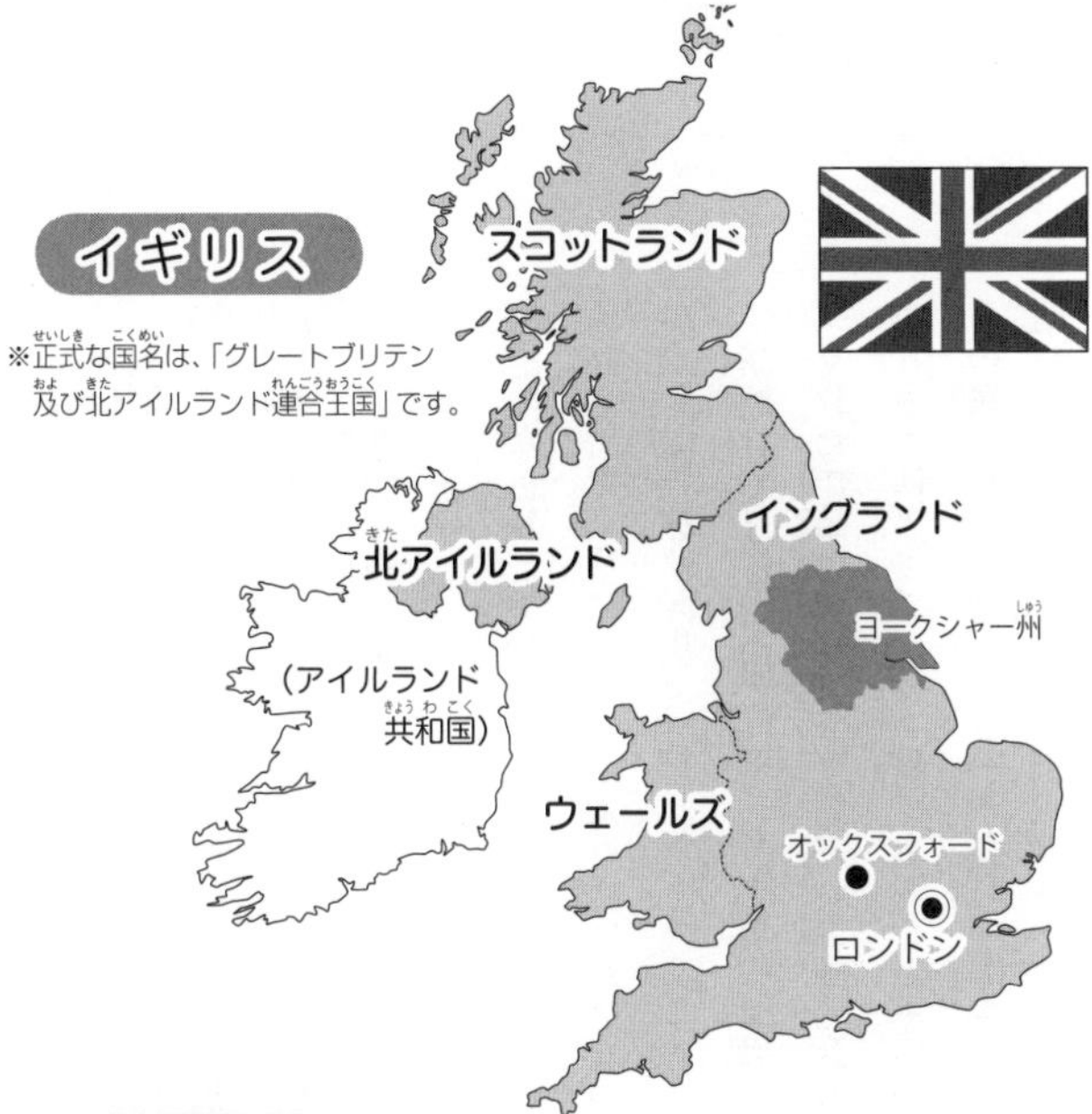

※正式《せいしき》な国名《こくめい》は、「グレートブリテン及《およ》び北《きた》アイルランド連合王国《れんごうおうこく》」です。

『ふしぎの国《くに》のアリス』

ルイス＝キャロル／作

オックスフォード大学《だいがく》の数学《すうがく》の教授《きょうじゅ》だったキャロルが、テムズ川《がわ》に浮《う》かべた小舟《こぶね》の上《うえ》で、主人公《しゅじんこう》アリスのモデル、アリス・リデルたちに話《はな》してあげたお話《はなし》がもとに。実在《じつざい》した人物《じんぶつ》や言葉遊《ことばあそ》びがつまった物語《ものがたり》。

「名探偵《めいたんてい》ホームズ」シリーズ（全《ぜん》16巻《かん》）

コナン・ドイル／作

ホームズが下宿《げしゅく》していたのが、**ロンドン**のベーカー街《がい》２２１Ｂ《ビー》。２２１Ｂ《ビー》は、当時《とうじ》なかった地番《ちばん》ですが、いまはそのほど近《ちか》く、ベーカー街《がい》２３９にシャーロック・ホームズ博物館《はくぶつかん》があります。

「講談社《こうだんしゃ》 青《あお》い鳥文庫《とりぶんこ》」刊行《かんこう》のことば

太陽《たいよう》と水《みず》と土《つち》のめぐみをうけて、葉《は》をしげらせ、花《はな》をさかせ、実《み》をむすんでいる森《もり》。小《こ》鳥《とり》や、けものや、こん虫《ちゅう》たちが、春《はる》・夏《なつ》・秋《あき》・冬《ふゆ》の生活《せいかつ》のリズムに合《あ》わせてくらしている森《もり》。森《もり》には、かぎりない自然《しぜん》の力《ちから》と、いのちのかがやきがあります。

本《ほん》の世界《せかい》も森《もり》と同《おな》じです。そこには、人間《にんげん》の理想《りそう》や知恵《ちえ》、夢《ゆめ》や楽《たの》しさがいっぱいつまっています。

本《ほん》の森《もり》をおとずれると、チルチルとミチルが「青《あお》い鳥《とり》」を追《お》い求《もと》めた旅《たび》で、さまざまな体験《たいけん》を得《え》たように、みなさんも思《おも》いがけないすばらしい世界《せかい》にめぐりあえて、心《こころ》をゆたかにするにちがいありません。

「講談社《こうだんしゃ》 青《あお》い鳥文庫《とりぶんこ》」は、七十年《ねん》の歴史《れきし》を持《も》つ講談社《こうだんしゃ》が、一人《ひとり》でも多《おお》くの人《ひと》のために、すぐれた作品《さくひん》をよりすぐり、安《やす》い定価《ていか》でおおくりする本《ほん》の森《もり》です。その一さつ一さつが、みなさんにとって、青《あお》い鳥《とり》であることをいのって出版《しゅっぱん》していきます。この森《もり》が美《うつく》しいみどりの葉《は》をしげらせ、あざやかな花《はな》を開《ひら》き、明日《あす》をになうみなさんの心《こころ》のふるさととして、大《おお》きく育《そだ》つよう、応援《おうえん》を願《ねが》っています。

昭和《しょうわ》五十五年《ねん》十一月《がつ》

講談社